TRANZLATY

El idioma es para todos

اللغة للجميع

La Transformación
(*La Metamorfosis*)
التحول

Franz Kafka
فرانز كافكا

Español
العربية

ISBN: 978-1-80572-143-7
Die Verwandlung
Franz Kafka, 1915

www.tranzlaty.com

Primera parte

الجزء الأول

Gregorio Samsa se despertó una mañana de un sueño intranquilo.

استيقظ غريغور سامسا ذات صباح من أحلام مزعجة.

Se encontró en su cama, pero incapaz de moverse.

وجد نفسه في سريره، لكنه لم يستطع الحركة.

Se había transformado en una alimaña monstruosa.

لقد تحول إلى حشرة وحشية.

Estaba acostado boca arriba, sobre su espalda, que estaba dura como una armadura.

كان مستلقياً على ظهره، الذي كان صلباً كالدروع.

Levantando un poco la cabeza podía ver su barriga.

برفع رأسه قليلاً استطاع أن يرى بطنه.

Pero su vientre estaba abovedado y dividido en segmentos.

لكن بطنه كان محدباً، ومقسماً إلى أجزاء.

La manta descansaba encima de su vientre redondeado.

كانت البطانية مستقرة فوق بطنه المستدير.

Pero la manta estaba a punto de caerse por completo.

لكن البطانية كانت على وشك الانزلاق بالكامل.

Sus piernas eran lamentables comparadas con su tamaño habitual.

كانت ساقاه هزيلتين مقارنة بحجمهما المعتاد.

Y sus muchas piernas se movían impotentes ante sus ojos.

وارتعشت أرجله الكثيرة بلا حول ولا قوة أمام عينيه.

"¿Qué me ha pasado?" pensó para sí.

"ما الذي حدث لي؟" فكر في نفسه.

Pero no era un sueño del que no pudiera despertar.

لكن لم يكن حلماً لا يستطيع الاستيقاظ منه.

En realidad era su propia habitación la que él se encontraba.

لقد وجد نفسه بالفعل في غرفته الخاصة.

Un auténtico espacio para humanos, aunque un poco pequeño.

غرفة حقيقية للبشر، لكنها صغيرة بعض الشيء.

Él yacía tranquilamente entre las cuatro paredes conocidas.

استلقى بهدوء بين الجدران الأربعة المعروفة.

Sobre la mesa había una colección de muestras textiles.

كانت على الطاولة مجموعة من عينات المنسوجات.

Samsa era un vendedor ambulante, de ahí las muestras.

كان سامسا بائعاً متجولاً، ومن هنا جاءت العينات.

Encima de las muestras textiles desmontadas había una imagen.

كانت هناك صورة فوق عينات النسيج المفككة.

Recientemente había recortado la imagen de una revista.

قام مؤخراً بقص الصورة من إحدى المجلات.

Había colocado el cuadro en un bonito marco dorado.

لقد وضع الصورة في إطار جميل مذهب.

El cuadro enmarcado mostraba a una dama sentada erguida.

كانت الصورة المؤطرة تصور سيدة جالسة منتصبة.

Llevaba un gorro de piel y tenía un manguito de piel.

كانت ترتدي قبعة من الفرو، وكان لديها قفاز من الفرو.

Ella estaba levantando su mano hacia el espectador de la imagen.

كانت ترفع يدها باتجاه مشاهد الصورة.

Todo su antebrazo desapareció dentro de su pesado manguito de piel.

اختفى ساعدها بالكامل داخل معطفها الفروي الثقيل.

Gregor miró por la ventana el clima gris.

نظر غريغور من النافذة إلى الطقس الكئيب.

Se podía oír fuertes gotas de lluvia golpeando la ventana.

كان بالإمكان سماع صوت قطرات المطر الغزيرة وهي تضرب النافذة.

El clima gris lo hacía sentir muy melancólico.

جعله الطقس الرمادي يشعر بالحزن الشديد.

"¿Qué tal si duermo un poco más?" pensó.

"ماذا لو نمت لفترة أطول قليلاً؟" فكر.

"Dormir más podría ayudarme a olvidar estas tonterías".

"ربما يساعدني المزيد من النوم على نسيان هذا الهراء".

Pero dormir más era completamente inviable.

لكن النوم لفترة أطول كان أمراً مستحيلاً تماماً.

Porque estaba acostumbrado a dormir sobre su lado derecho.

لأنه كان معتاداً على النوم على جانبه الأيمن.

Pero su estado actual le impedía realizar sus movimientos habituales.

لكن حالته الراهنة حالت دون قيامه بحركاته المعتادة.

No tenía forma de llegar a esa posición.

لم يكن لديه أي وسيلة للوصول إلى هذا الموقف.

Intentó con todas sus fuerzas lanzarse hacia su lado derecho.

بذل قصارى جهده ليلقي بنفسه على جانبه الأيمن.

Probablemente intentó este movimiento cientos de veces.

ربما حاول القيام بهذه الحركة مئة مرة.

Pero él siempre volvía a la posición supina.

لكئه كان دائماً ما يعود إلى وضعية الاستلقاء على الظهر.

Cerró los ojos para no ver sus piernas inquietas.

أغمض عينيه حتى لا يرى ساقيه المتوترتين.

Al final el dolor le impidió intentarlo de nuevo.

في النهاية، منعه ألمه من المحاولة مرة أخرى.

Un dolor sordo en el costado que nunca había sentido antes.

ألم خفيف في جانبه لم يشعر به من قبل.

«Oh Dios», pensó desesperado Gregorio Samsa.

"يا إلهي"، فكر غريغور سامسا في نفسه بيأس.

¡Qué profesión tan agotadora he elegido para mí!

"يا لها من مهنة شاقة اخترتها لنفسي"!

"Día tras día tengo que viajar por trabajo".

"يومًا بعد يوم، عليّ أن أسافر كثيرًا من أجل العمل".

"El trabajo de oficina es mucho más fácil que trabajar fuera de casa".

"العمل المكتبي أسهل بكثير من العمل على الطريق".

"Y tengo la maldición de tener que viajar."

"وأنا أعاني من لعنة الاضطرار إلى السفر والتنقل".

"Todas las preocupaciones por llegar a tiempo a los trenes."

"كل المخاوف بشأن الوصول في الوقت المحدد للقطارات".

"Mis horarios de comida son irregulares y la comida es mala".

"مواعيد وجباتي غير منتظمة، والطعام سيء".

"Mis amigos siempre están cambiando de ciudad en ciudad."

"أصدقائي يتغيرون باستمرار من مدينة إلى أخرى".

"Las interacciones que tengo son frías y profesionales".

"التفاعلات التي أجريها باردة ومهنية".

"¡Dejad que el Diablo se divierta con este tipo de trabajos!"

"دع الشيطان يتسلى بهذا النوع من العمل"!

Sintió un ligero picor en la parte superior del estómago.

شعر بحكة خفيفة في أعلى بطنه.

Se apoyó contra el poste de la cama, con la espalda.

دفع نفسه بظهره نحو عمود السرير.

Quería poder levantar mejor la cabeza.

كان يريد أن يكون قادراً على رفع رأسه بشكل أفضل.

Encontró el punto que le picaba y le molestaba.

وجد البقعة التي كانت تسبب له الحكة والتي كانت تزعجه.

Su cabeza parecía estar cubierta de pequeños puntos blancos.

بدا رأسه مغطى بنقاط بيضاء صغيرة.

No podía decir qué eran esos pequeños puntos blancos.

لم يستطع تحديد ماهية هذه النقاط البيضاء الصغيرة.

Había planeado tocar el lugar con una de sus piernas.

كان يخطط للمس تلك البقعة بإحدى ساقيه.

Pero cuando tocó el lugar sintió un extraño escalofrío.

لكن عندما لمس تلك البقعة شعر بقشعريرة غريبة.

Entonces inmediatamente retiró la pierna del lugar.

فسحب ساقه على الفور من المكان.

No tuvo más remedio que aceptar la sensación de picazón.

لم يكن أمامه خيار سوى تقبّل الشعور بالحكة.

Y volvió a su posición anterior en la cama.

ثم عاد إلى وضعه السابق في السرير.

"Despertarse tan temprano realmente te vuelve bastante estúpido".

"الاستيقاظ مبكراً جداً يجعل المرء غبياً للغاية".

"Un hombre debe dormir lo suficiente", pensó.

"يجب أن يحصل الرجل على قسط كافٍ من النوم"، هكذا فكر في نفسه.

"Los demás vendedores ambulantes viven una vida de lujo."

"أما الباعة المتجولون الآخرون فيعيشون حياة مترفة".

"Por la mañana transfiero los pedidos que he recibido."

"في الصباح أقوم بتحويل الطلبات التي تلقيتها".

"Mientras tanto esos señores todavía están desayunando."

"في هذه الأثناء، لا يزال هؤلاء السادة يتناولون وجبة الإفطار".

"Imagínese si intentara hacer eso con mi jefe".

"تخيلوا لو حاولت فعل ذلك مع مديري".

"Me despediría antes de terminar mi desayuno."

"كان يطردني قبل أن أنتهي من تناول فطوري".

"Pero quizá eso tampoco sería lo peor."

"لكن ربما لن يكون ذلك أسوأ شيء أيضاً".

"El problema es que mis padres me están frenando".

"المشكلة هي أن والديّ يعيقانني".

"Si no fuera por ellos ya habría dimitido."

"لولاهم لكنت قد استقلت بالفعل".

"Me habría enfrentado al jefe y se lo habría dicho".

"كنت سأقف في وجه المدير وأخبره بذلك".

"Diría exactamente lo que pienso de él y del trabajo".

"سأقول بالضبط ما أفكر فيه بشأنه وبشأن الوظيفة".

"¡Se caería del escritorio si le contara todo!"

"سيسقط من على مكتبه لو أخبرته بكل شيء"!

"Es muy extraña la forma en que se sienta en su escritorio".

"من الغريب جداً الطريقة التي يجلس بها على مكتبه".

"La forma en que habla con sus subordinados no es correcta".

"طريقة حديثه مع مرؤوسيه ليست صحيحة".

"Y lo peor es que su audición es muy pobre".

"والأسوأ من ذلك كله أن سمعه ضعيف للغاية".

"Así que no te queda otra opción que sentarte muy cerca de él."

"لذا ليس أمامك خيار سوى الجلوس بالقرب منه جداً".

Pero dicho todo esto, la esperanza no está completamente perdida todavía.

"لكن مع كل ذلك، لم يضع الأمل تماماً بعد".

"Ahorraré el dinero para pagar la deuda de mis padres".

"سأدخر المال لسداد ديون والديّ".

"No puedo hacer nada mientras todavía le deban dinero".

"لا أستطيع فعل أي شيء طالما أنهم ما زالوا مدينين له بالمال".

"Pero cuando la deuda esté pagada definitivamente lo haré."

"لكن عندما يتم سداد الدين، سأفعل ذلك بالتأكيد".

"Probablemente tomará otros cinco o seis años."

"ربما سيستغرق الأمر من خمس إلى ست سنوات أخرى".

"Sí, entonces definitivamente se hará la gran separación".

"نعم، عندها سيتم الفصل الكبير بالتأكيد".

"Por el momento, sin embargo, debo levantarme de la cama."

"لكن في الوقت الحالي، يجب أن أنهض من السرير".

"Porque mi tren sale a las cinco en punto."

"لأن قطاري سيغادر في الساعة الخامسة".

Gregor miró el despertador que sonaba sobre la mesa.

نظر غريغور إلى ساعة المنبه التي تدق على الطاولة.

"¡Padre Celestial!" pensó al ver la hora.

"يا إلهي!" فكر وهو ينظر إلى الساعة.

Las seis y media ya habían pasado silenciosamente.

كانت الساعة السادسة والنصف قد مرت بهدوء وغادرت.

Y las manecillas del reloj seguían avanzando.

واستمرت عقارب الساعة في التحرك للأمام.

Y ahora se acercaba la cuarta hora menos cuarto.

والآن اقتربت الساعة من السابعة إلا ربعاً.

"¿Quizás la alarma no sonó para despertarme?", pensó.

"ربما لم يرن المنبه لإيقاظي؟" فكر.

Desde la cama Gregor inspeccionó el despertador.

قام غريغور بتفقد ساعة المنبه من سريره.

El despertador estaba programado exactamente para las
cuatro.

تم ضبط المنبه بشكل صحيح على الساعة الرابعة.

No podía explicarlo, pero la alarma debió haber sonado.

لم يستطع تفسير ذلك، لكن لا بد أن جرس الإنذار قد دق.

"¿Cómo pude dormirme a pesar de la alarma sin darme
cuenta?"

"كيف نمث دون أن أشعر بصوت المنبه؟"

Cuando suena la alarma incluso sacude los muebles.

عندما يرن جرس الإنذار، يهز الأثاث أيضاً.

Sabía que su sueño no había sido para nada tranquilo.

كان يعلم أن نومه لم يكن هادئاً على الإطلاق.

Pero quizá por eso su sueño era mucho más profundo.

لكن ربما كان هذا هو السبب في أن نومه كان أعمق بكثير.

Tenía que pensar qué debía hacer ahora.

كان عليه أن يفكر فيما يجب عليه فعله الآن.

El siguiente tren no salía hasta las siete.

لم يغادر القطار التالي حتى الساعة السابعة.

Coger ese tren sería casi imposible.

سيكون اللحاق بذلك القطار شبه مستحيل.

Y aún no había empacado los textiles que necesitaba.

ولم يكن قد حزم بعد الأقمشة التي يحتاجها.

Tampoco se sentía especialmente fresco y ágil.

لم يكن يشعر بالانتعاش والنشاط بشكل خاص أيضاً.

Quizás había una posibilidad de subir al tren.

ربما كانت هناك فرصة للصعود إلى القطار.

Pero de todas formas, un regaño por parte del jefe era
inevitable.

لكن التوبيخ من المدير كان أمراً لا مفر منه في كلتا الحالتين.

El empleado habría subido al tren de las cinco.

كان الموظف سيستقل قطار الساعة الخامسة.

El oficinista era una criatura sin carácter del jefe.

كان موظف المكتب مخلوقاً ضعيف الشخصية تابعاً لرئيسه.

Así que la ausencia de Gregor ya habría sido informada.

لذا، كان من المفترض أن يتم الإبلاغ عن غياب غريغور بالفعل.

"¿Qué pasa si llamo para avisar que estoy enfermo?" Gregor
estaba pensando.

"ماذا لو اتصلت لأخبرهم أنني مريض؟" كان غريغور يفكر.

Pero eso sería extremadamente embarazoso y sospechoso.

لكن ذلك سيكون محرجاً للغاية ومثيراً للريبة.

Gregor nunca había estado enfermo durante el tiempo que
trabajó allí.

لم يمرض غريغور قط خلال فترة عمله هناك.

Y ya les había dado cinco años de servicio.

وكان قد منحهم بالفعل خمس سنوات من الخدمة.

Lo más probable era que el jefe viniera a ver cómo estaba.

كان من المرجح أن يأتي المدير للاطمئنان عليه.

Probablemente traería al médico del seguro médico.

من المحتمل أنه سيحضر طبيب التأمين الصحي.

Y culparía a los padres por la pereza de su hijo.

وكان سيلقي باللوم على الوالدين بسبب كسل ابنهما.

No podrían hacerle ninguna objeción.

لن يكون بمقدورهم الاعتراض عليه.

Porque para él sólo había dos clases de trabajadores.

لأنه بالنسبة له لم يكن هناك سوى نوعين من العمال.

O bien los trabajadores estaban completamente sanos o bien eran reacios al trabajo.

إما أن العمال كانوا يتمتعون بصحة جيدة تماماً، أو أنهم كانوا يتهربون من العمل.

¿Y estaría equivocado en ese análisis básico?

وهل سيكون مخطئاً حتى في هذا التحليل الأساسي؟

Ciertamente, en este caso tenía un argumento sólido.

بالتأكيد، في هذه الحالة، كان لديه حجة قوية.

A pesar de su apariencia, Gregor en realidad se sentía bastante bien.

على الرغم من مظهره، كان غريغور يشعر في الواقع بحالة جيدة جداً.

El sueño innecesariamente largo lo dejó un poco somnoliento.

تسبب له النوم الطويل غير الضروري في الشعور بالنعاس قليلاً.

Pero aparte de eso no podía quejarse de enfermedad.

لكن بصرف النظر عن ذلك، لم يكن بإمكانه الشكوى من المرض.

Incluso sintió un hambre especialmente fuerte y saludable.

بل إنه شعر بجوع شديد وصحي بشكل خاص.

Mientras pensaba estos pensamientos el reloj volvió a sonar.

وبينما كان يفكر في هذه الأفكار، دقّت الساعة مرة أخرى.

Según la alarma eran ya las siete menos cuarto.

وبحسب جهاز الإنذار، فقد كانت الساعة الآن السابعة إلا ربعاً.

Y ahora también se oyó un suave golpe en la puerta.

ثم سُمعت طرقة خفيفة على الباب.

—Gregor —lo llamó alguien. Era la madre.

"غريغور"، ناداه أحدهم - كانت الأم.

"Son las siete menos cuarto", confirmó la alarma.

"إنها الساعة السابعة إلا ربعاً"، أكدت صوت الإنذار.

¿No querías irte?, preguntó la suave voz.

"ألم ترغب في المغادرة؟" سأل الصوت الرقيق.

Gregor se asustó cuando oyó su voz respondiendo.

شعر غريغور بالخوف عندما سمع صوته يجيبه.

La voz seguía siendo la voz que siempre tuvo.

كان الصوت لا يزال هو الصوت الذي كان يمتلكه دائماً.

Pero ahora había un nuevo sonido mezclado en su voz.

لكن كان هناك الآن صوت جديد ممزوج بصوته.

Desde lo más profundo de él también salió un doloroso
chillido.

وخرجت من أعماقه صرخة مؤلمة أيضاً.

Al principio su voz parecía formar palabras con claridad.

في البداية، بدا صوته وكأنه يشكل الكلمات بوضوح.

Pero entonces Gregor escuchó el eco mental de su voz.

لكن بعد ذلك سمع غريغور صدى صوته في ذهنه.

La grabación de su voz se interrumpió de una manera
extraña.

انقطع تسجيل صوته بطريقة غريبة.

Y no estaba seguro de si había escuchado las cosas
correctamente.

ولم يكن متأكداً مما إذا كان قد سمع الأمور بشكل صحيح.

Gregor sintió un profundo deseo de dar una respuesta
detallada.

شعر غريغور برغبة شديدة في تقديم إجابة مفصلة.

Quería explicarle todo claramente a su madre.

أراد أن يشرح كل شيء بوضوح لأمه.

Pero, dadas las circunstancias, tuvo que limitarse.

لكن، بالنظر إلى الظروف، كان عليه أن يحد من نفسه.

Y respondió mucho más breve de lo que le hubiera gustado.

وأجاب بإجابات أقصر بكثير مما كان يرغب.

-Sí madre, no te preocupes, gracias, ya estoy levantado.

"نعم يا أمي، لا تقلقي، شكراً لكِ، لقد استيقظت بالفعل".

La puerta de madera probablemente ayudó a amortiguar su voz.

ربما ساعد الباب الخشبي في كتم صوته.

Desde fuera el cambio en la voz de Gregor pasó desapercibido.

أما التغيير في صوت غريغور فلم يلاحظه أحد.

La madre pareció estar satisfecha con su explicación.

بدت الأم راضية عن تفسيره.

Y ella se fue de nuevo tan silenciosamente como había llegado.

وغادرت مرة أخرى بنفس الهدوء الذي أتت به.

Pero la pequeña conversación tuvo un efecto no deseado.

لكنّ هذا الحديث القصير كان له أثر غير مرغوب فيه.

Llamó la atención de los demás miembros de la familia.

لفت انتباه باقي أفراد العائلة.

Gregor todavía estaba en casa y no había ido a trabajar.

كان غريغور لا يزال في المنزل ولم يذهب إلى العمل.

Y ahora el padre también llamó a la puerta lateral.

ثم طرق الأب الباب الجانبي أيضاً.

Golpeó débilmente, pero decidido, con el puño.

طرق بقبضته بضعف، لكن بعزم.

—Gregor, Gregor —gritó—, ¿cuál es el problema?

"غريغور، غريغور"، نادى قائلاً: "ما المشكلة؟"

Al cabo de un rato volvió a advertir con voz más grave.

وبعد فترة وجيزة، حذر مرة أخرى بصوت أعمق.

Pero ahora la hermana llamó a la puerta del otro lado.

لكن الأخت طرقت الباب من الجهة الأخرى.

"¿Gregor? ¿No te encuentras bien?", preguntó en voz baja.

سألته بهدوء: "غريغور؟ هل أنت لست بخير؟"

"¿Necesitas algo?" preguntó preocupada.

سألته بقلق: "هل تحتاجين إلى أي شيء؟"

Gregor respondió a ambas partes: "Ya he terminado".

أجاب غريغور كلا الجانبين: "لقد انتهيت بالفعل."

Había hecho todo lo posible para pronunciar todas las palabras con cuidado.

لقد بذل قصارى جهده لنطق جميع الكلمات بعناية.

Y eliminó todo lo que era llamativo en su voz.

وأزال كل ما هو واضح في صوته.

El padre también parecía satisfecho con la respuesta.

وبدا الأب راضياً أيضاً عن الإجابة.

Y regresó a su desayuno inacabado.

ثم عاد إلى فطوره غير المكتمل.

Pero la hermana susurró: "Gregor, ábreme, te lo ruego".

لكن الأخت همست قائلة: "غريغور، افتح الباب، أتوسل إليك."

Pero su preocupación por él no podía conmoverlo de ninguna manera.

لكن قلقها عليه لم يستطع أن يحركه بأي شكل من الأشكال.

Gregor no tenía intención de abrirle la puerta.

لم يكن لدى غريغور أي نية لفتح الباب لها.

Había adquirido algunos hábitos de cautela al viajar.

لقد اكتسب بعض العادات الحذرة من السفر.

Y se alababa a sí mismo por haber cerrado las puertas.

وأثنى على نفسه لأنه أغلق الأبواب.

Primero quiso levantarse tranquilamente y a su propio ritmo.

أراد أولاً أن ينهض بهدوء وفي الوقت الذي يناسبه.

Y sin que nadie le molestara quiso vestirse.

ودون أن يزعجه أحد، أراد أن يرتدي ملابسه.

Una vez logrado esto, quiso entonces desayunar.

وبعد تحقيق ذلك، أراد تناول وجبة الإفطار.

Sólo entonces quiso reflexionar más sobre la situación.

عندها فقط أراد أن يفكر في الأمر أكثر.

Sabía que no tenía sentido hacer planes en la cama.

كان يعلم أنه لا فائدة من وضع الخطط في السرير.

Sería imposible llegar a una conclusión sensata.

سيكون التوصل إلى استنتاج معقول أمراً مستحيلاً.

Había habido otras ocasiones en las que se despertó con dolores leves.

كانت هناك أوقات أخرى استيقظ فيها وهو يعاني من آلام طفيفة.

Estos dolores siempre resultaban ser pura imaginación.

تبين أن هذه الآلام كانت دائماً مجرد خيال.

Al levantarme de la cama el dolor invariablemente desaparecía.

عند النهوض من السرير، كان الألم يختفي حتماً.

Tenía curiosidad por ver qué pasaría con esas ideas.

كان متشوقاً لمعرفة ما سيحدث لهذه الأفكار.

El cambio en su voz probablemente se debió sólo a un resfriado.

ربما كان تغير صوته ناتجاً عن نزلة برد.

Los resfriados son simplemente un riesgo laboral para los viajeros.

نزلات البرد مجرد خطر مهني يواجهه المسافرون.

No tenía ninguna duda de que ésa era la explicación lógica.

لم يكن لديه أدنى شك في أن ذلك هو التفسير المنطقي.

Logró quitarse la manta de encima con facilidad.

كان نزع الغطاء عنه أمراً سهلاً.

Lo único que tenía que hacer era inhalar e inflarse.

كل ما كان عليه فعله هو أن يتنفس وينفخ نفسه.

La manta se deslizó de su cuerpo y cayó al suelo.

انزلقت البطانية عن جسده، وسقطت على الأرض.

Su cuerpo increíblemente ancho dificultaba otras cosas.

جسده العريض بشكل لا يصدق جعل الأمور الأخرى صعبة.

Habría necesitado brazos y manos para ponerse de pie.

كان سيحتاج إلى ذراعين ويدين ليقف.

Pero ya no tenía las extremidades que solía tener.

لكن لم تعد لديه الأطراف التي كان يمتلكها سابقاً.

En lugar de brazos y manos tenía muchas piernas pequeñas.

بدلاً من الأذرع والأيدي، كان لديه الكثير من الأرجل الصغيرة.

Y sus piernas se movían constantemente, sin su control.

وكانت ساقاه تتحركان باستمرار، دون سيطرته.

Intentó doblar una pierna, pero en lugar de eso se estiró.

حاول ثني إحدى ساقيه، لكنها امتدت بدلاً من ذلك.

Finalmente logró controlar una pierna.

وأخيراً تمكن من السيطرة على إحدى ساقيه.

Pero luego se liberó el movimiento de las otras piernas.

لكن بعد ذلك تم تحرير حركة الأرجل الأخرى.

Y todas sus piernas se crisparon de extrema excitación.

وارتجفت جميع ساقيه من شدة الإثارة.

Primero quería sacar la parte inferior de su cuerpo de la cama.

أراد أولاً إخراج الجزء السفلي من جسده من السرير.

Pero en realidad aún no había visto la parte inferior de su cuerpo.

لكنه لم يرَ الجزء السفلي من جسده بعد.

Y, de todas formas, resultó demasiado difícil mover esta pieza.

وقد ثبت أنه من الصعب للغاية تحريك هذا الجزء على أي حال.

Finalmente, con todas sus fuerzas, realizó un movimiento salvaje.

وأخيراً، وبكل قوته، قام بحركة واحدة متهورة.

Sin más vacilación, avanzó.

ودون مزيد من التردد، تقدم إلى الأمام.

Pero había elegido la dirección equivocada.

لكنه اختار الاتجاه الخاطئ للتحرك إليه.

Golpeó violentamente su cuerpo contra el poste inferior de la cama.

ضرب جسده بعنف على العمود السفلي للسرير.

El dolor ardiente que sintió le enseñó una valiosa lección.

لقد علّمه الألم الحارق الذي شعر به درساً قيماً.

La parte inferior de su cuerpo era quizás más sensible.

ربما كان الجزء السفلي من جسده أكثر حساسية.

Entonces intentó sacar primero la parte superior del cuerpo de la cama.

لذا حاول إخراج الجزء العلوي من جسده من السرير أولاً.

Giró cuidadosamente la cabeza en la dirección correcta.

أدار رأسه بحرص في الاتجاه الصحيح.

Y pronto su cabeza estaba mirando hacia el borde de la cama.

وسرعان ما أصبح رأسه متجهاً نحو حافة السرير.

Este movimiento cauteloso en realidad fue fácil para él.

كانت هذه الحركة الحذرة سهلة بالنسبة له في الواقع.

Y su anchura y peso no detuvieron su movimiento.

ولم يمنعه عرضه ووزنه من الحركة.

La masa de su cuerpo siguió lentamente el giro de la cabeza.

تبعت كتلة جسده ببطء حركة رأسه.

Pero luego sostuvo su cabeza sobre el borde de la cama.

لكن بعد ذلك رفع رأسه فوق حافة السرير.

Y se enfrentó a un nuevo miedo en el que aún no había
pensado.

وواجه خوفاً جديداً لم يكن قد فكر فيه من قبل.

Avanzar más por este camino podría ser peligroso.

إن المضي قدماً في هذا الاتجاه قد يكون خطيراً.

Había pensado que simplemente se dejaría caer.

كان يعتقد أنه سيترك نفسه يسقط فحسب.

Pero sería un milagro si no se lesionara la cabeza.

لكن ستكون معجزة لو لم يُصب رأسه.

Ahora no era el momento de arriesgarse a perder el
conocimiento.

لم يكن هذا هو الوقت المناسب للمخاطرة بفقدان الوعي.

Quizás sería mejor quedarse en la cama después de todo.

ربما يكون من الأفضل البقاء في السرير في نهاية المطاف.

Pero luego tuvo que hacer el mismo esfuerzo para regresar.

لكن كان عليه بعد ذلك أن يبذل نفس الجهد للعودة.

Después de todo ese esfuerzo él estaba tendido allí igual que
antes.

بعد كل هذا الجهد، كان مستلقياً هناك كما كان من قبل.

Y ahora sus piernas parecían incluso más enojadas que
antes.

والآن بدت ساقاه أكثر غضباً مما كانتا عليه من قبل.

Los movimientos de sus piernas se habían vuelto aún más
incontrolables.

أصبحت حركات ساقه أكثر صعوبة في السيطرة عليها.

No veía manera de salir de la situación en la que se
encontraba.

لم يرَ أي سبيل للخروج من الموقف الذي كان فيه.

De este caos no fue posible sacar la paz ni el orden.

لم يكن من الممكن إحلال السلام والنظام في ظل هذه الفوضى.

Pero sabía que quedarse en la cama tampoco era una opción.

لكنه كان يعلم أن البقاء في السرير لم يكن خياراً أيضاً.

Sacrificarlo todo era la opción más sensata.

كان التضحية بكل شيء الخيار الأكثر منطقية.

Se aferró a la más mínima esperanza de levantarse de la cama.

تشبث بأدنى أمل في النهوض من السرير.

Si lo hubiera conseguido, todo riesgo habría valido la pena.

لو نجح في ذلك، لكانت كل المخاطرة تستحق العناء.

Pero al mismo tiempo también recordó algo más.

لكنه تذكر شيئًا آخر في الوقت نفسه.

"Mejores que decisiones desesperadas son reflexiones tranquilas."

"التأمل الهادئ أفضل من القرارات المتسرعة".

Con todo su esfuerzo centró su mirada en la ventana.

وبكل جهده ركز عينيه على النافذة.

Pero lo que vio le trajo poca confianza y alegría.

لكن ما رآه لم يجلب له سوى القليل من الثقة والبهجة.

La niebla de la mañana cubría toda la estrecha calle.

غطى ضباب الصباح الشارع الضيق بأكمله.

El despertador volvió a sonar; ahora eran las siete.

رنّ المنبه مرة أخرى؛ الآن الساعة السابعة.

"Ya son las siete y todavía hay mucha niebla."

"الساعة الآن السابعة وما زال الضباب كثيفاً".

Durante un rato permaneció en silencio, respirando débilmente.

استلقى بهدوء لبعض الوقت، وكان يتنفس بصعوبة.

Quizás un poco de quietud traería algo de normalidad.

ربما يؤدي بعض الهدوء إلى عودة الأمور إلى طبيعتها.

Un silencio absoluto podría provocar las condiciones reales.

قد يؤدي الصمت التام إلى الظروف الحقيقية.

Pero antes de que el reloj volviera a sonar, rompió el silencio.

لكن قبل أن تدق الساعة مرة أخرى، كسر الصمت.

"Antes de que el reloj vuelva a sonar, debo levantarme de la cama."

"قبل أن تدق الساعة مرة أخرى، يجب أن أكون خارج الفراش".

"Para entonces tengo que estar totalmente fuera de la cama."

"يجب أن أكون قد نهضت من السرير تماماً بحلول ذلك الوقت".

"Después de las siete y cuarto la oficina enviará a alguien."

"بعد الساعة السابعة والربع سيرسل المكتب شخصاً ما".

"Porque la oficina abrió antes de las siete."

"لأن المكتب فتح أبوابه قبل الساعة السابعة".

Y ahora empezó a balancear su cuerpo fuera de la cama.

ثم بدأ يهز جسده خارج السرير.

Había abandonado el centrarse en la parte superior o inferior de su cuerpo.

لقد تخلى عن التركيز على الجزء العلوي أو السفلي من جسده.

Todo el largo de su cuerpo tuvo que salir de la cama.

كان عليه أن ينهض من السرير بكامل طول جسده.

Caer de esa manera debería proteger su cabeza, pensó.

فكر قائلاً إن السقوط بهذه الطريقة سيحمي رأسه.

Había planeado levantar la cabeza cuando cayera al suelo.

كان قد خطط لرفع رأسه عندما يصطدم بالأرض.

La parte posterior de su cuerpo parecía lo suficientemente dura para el impacto.

بدا الجزء الخلفي من جسده صلباً بما يكفي لتحمل الصدمة.

Y la alfombra estaba allí para suavizar el aterrizaje.

وكانت السجادة موجودة لتخفيف الصدمة عند الهبوط.

Sin embargo, su mayor preocupación era el fuerte ruido.

لكن أكبر مخاوفه كانت الضوضاء العالية.

El ruido estrepitoso asustaría a todos en la casa.

كان صوت التحطم سيخيف كل من في المنزل.

Quizás no les daría miedo el ruido fuerte.

ربما لن يشعروا بالرعب من الضوضاء العالية.

Pero seguramente se preocuparían si oyeran eso.

لكن من المؤكد أنهم سيشعرون بالقلق إذا سمعوا بذلك.

Pero había que correr el riesgo de llamar la atención.

لكن كان لا بد من تحمل مخاطر لفت الانتباه.

El nuevo método era más un juego que un esfuerzo.

كانت الطريقة الجديدة أشبه بلعبة منها بجهد.

Tuvo que balancear su cuerpo con movimientos bruscos y espasmódicos.

كان عليه أن يهز جسده بحركات مفاجئة ومتشنجة.

Gregor ya estaba medio levantado de la cama.

كان غريغور قد نهض من السرير جزئياً.

Ahora se le ocurrió una idea nueva.

ثم خطرت له فكرة جديدة.

"Todo sería tan fácil si alguien viniera en mi ayuda."

"سيكون كل شيء سهلاً للغاية لو جاء أحدهم لمساعدتي".

"Dos personas fuertes serían suficientes."

"شخصان قويان سيكونان كافيين تماماً".

Su padre y la criada serían lo suficientemente fuertes.

سيكون والده والخادمة قويين بما يكفي.

Sólo tendrían que deslizar los brazos bajo su espalda.

كل ما عليهم فعله هو إدخال أذرعهم تحت ظهره.

Y luego pudieron sacarlo fácilmente de la cama.

وبعد ذلك، يمكنهم بسهولة إخراجه من السرير.

Quizás habrían tenido que bajarle el peso poco a poco.

ربما كان عليهم أن يخفضوا وزنه تدريجياً.

Ojalá entonces las piernas hubieran encontrado su propósito.

نأمل حينها أن تكون الأرجل قد وجدت غايتها.

¿No sería mejor después de todo pedir ayuda?

"ألا يكون من الأفضل في نهاية المطاف طلب المساعدة؟"

El problema, por supuesto, era que había cerrado las puertas.

المشكلة بالطبع كانت أنه أغلق الأبواب.

Había algo en ese pensamiento que le hacía cosquillas.

كان هناك شيء ما في تلك الفكرة يثير فضوله.

Y a pesar de sus dificultades, no pudo evitar esbozar una sonrisa.

وعلى الرغم من معاناته، لم يستطع كبح ابتسامته.

Ya estaba cerca de perder el equilibrio.

كان على وشك فقدان توازنه بالفعل.

Cada movimiento lo acercaba más a caerse de la cama.

كل تأرجحة كانت تقربه أكثر من السقوط من السرير.

Pronto tendría que tomar la decisión final.

وسرعان ما سيضطر إلى اتخاذ القرار النهائي.

En cinco minutos serían las siete y cuarto.

بعد خمس دقائق ستكون الساعة السابعة والربع.

Mientras pensaba estos pensamientos, sonó el timbre.

وبينما كان يفكر في هذه الأفكار، رن جرس الباب.

"Es alguien de la oficina", se dijo.

قال لنفسه: "هذا شخص من المكتب."

Y casi se quedó paralizado de miedo ante la visita.

وكاد يتجمد من الخوف بسبب الزائر.

Sus piernas bailaron aún más salvajemente que antes.

كانت ساقاه ترقصان بعنف أكثر مما كانتا عليه من قبل.

Pero luego, por un momento, todo quedó en silencio.

لكن بعد ذلك، وللحظة، ساد الصمت.

"No abrirán la puerta", se dijo Gregor.

قال غريغور لنفسه: "لن يفتحوا الباب."

Todavía estaba atrapado en una esperanza sin sentido.

كان لا يزال أسيراً لأملٍ لا معنى له.

Pero luego, por supuesto, la criada se dirigió a la puerta.

لكن بالطبع، توجهت الخادمة إلى الباب.

Y como siempre, le abrió la puerta al visitante.

وكما هو الحال دائماً، فتحت الباب للزائر.

A Gregor le bastó con oír el primer saludo del visitante.

لم يكن غريغور بحاجة إلا لسماع أول تحية من الزائر.

Pudo saber inmediatamente quién había venido a buscarlo.

استطاع أن يعرف على الفور من جاء من أجله.

El propio jefe de oficina había venido a ver cómo estaba Samsa.

جاء رئيس الكتبة بنفسه للاطمئنان على سامسا.

¿Por qué Gregor fue el único condenado a este destino?

لماذا كان غريغور الوحيد الذي حُكم عليه بهذا المصير؟

¿Por qué sólo él tuvo que servir en tal organización?

لماذا كان هو الوحيد الذي اضطر للعمل في مثل هذه المنظمة؟

El más mínimo descuido despertaba inmediatamente sospechas.

أدنى إهمال كان يثير الشكوك على الفور.

¿Todos los empleados que trabajaban allí eran unos sinvergüenzas?

هل كان جميع الموظفين الذين عملوا هناك أوغاداً؟

¿No había entre ellos ninguna persona fiel y devota?

ألم يكن بينهم شخص مخلص ومتفانٍ؟

¿No podrían haber enviado simplemente un aprendiz?

ألم يكن بإمكانهم ببساطة إرسال متدرب؟

¿Era realmente necesario todo este cuestionamiento?

هل كان كل هذا الاستجواب ضرورياً على الإطلاق؟

¿El representante autorizado tenía que venir personalmente?

هل كان على الممثل المعتمد أن يحضر بنفسه؟

¿Había que informar a toda la familia inocente?

هل كان من الضروري إبلاغ جميع أفراد الأسرة البريئة؟

Todas estas consideraciones impulsaron a Gregor a actuar.

كل هذه الاعتبارات دفعت غريغور إلى التحرك.

Se levantó de la cama con todas sus fuerzas.

نهض من السرير بكل قوته.

Se escuchó un fuerte estallido, pero no era realmente un ruido.

كان هناك دوي عالٍ، لكنه لم يكن ضجيجاً حقيقياً.

La caída había sido ligeramente suavizada por la alfombra.

خفف السجاد قليلاً من حدة السقوط.

Su espalda era más elástica de lo que Gregor había pensado.

كان ظهره أكثر مرونة مما كان يعتقد غريغور.

Así que el sonido era más apagado y no tan perceptible.

لذا كان الصوت أكثر خفوتاً، وأقل وضوحاً.

Pero no había cuidado su cabeza durante la caída.

لكنه لم يعتنِ برأسه أثناء السقوط.

Y cuando golpeó el suelo también se golpeó la cabeza.

وعندما ارتطم بالأرض، ارتطم رأسه أيضاً.

Se frotó la cabeza contra la alfombra con rabia y dolor.

فرك رأسه على السجادة بغضب وألم.

Pero el gerente de la habitación de al lado escuchó el ruido.

لكن المدير الموجود في الغرفة المجاورة سمع الضوضاء.

"Algo cayó allí", observó correctamente.

"لقد سقط شيء ما هناك"، لاحظ ذلك بشكل صحيح.

Gregor intentó imaginarse al gerente en su situación.

حاول غريغور أن يتخيل المدير في موقفه.

"¿Podría pasarle lo mismo a él?" se preguntó.

وتساءل: "هل يمكن أن يحدث له الشيء نفسه؟"

Aceptó que este extraño acontecimiento pudiera ser posible.

لقد تقبّل فكرة أن هذا الحدث الغريب قد يكون ممكناً.

Y entonces el jefe de oficina dio unos pasos hacia la habitación.

ثم خطا رئيس الكتبة بضع خطوات نحو الغرفة.

Fue casi una respuesta burda a la pregunta que hizo.

كانت إجابة فجة تقريباً على السؤال الذي طرحه.

Sus botas de cuero crujieron cuando se acercó a la puerta.

صرّ حذاءه الجلدي وهو يقترب من الباب.

Desde la habitación de su derecha su criada le susurró:

همست له خادمته من الغرفة التي على يمينه.

Gregor, el representante autorizado está aquí.

"غريغور، الممثل المعتمد موجود هنا".

—Lo sé —dijo Gregor, pero sólo en voz baja, para sí mismo.

قال غريغور: "أعلم"، لكنه قال ذلك بهدوء لنفسه فقط.

No se atrevió a levantar la voz por encima de un susurro.

لم يجرؤ على رفع صوته فوق الهمس.

Porque Gregor no quería que su hermana lo oyera.

لأن غريغور لم يكن يريد أن تسمعه أخته.

—Gregor —dijo el padre desde la habitación de la izquierda.

قال الأب من الغرفة على اليسار: "غريغور."

"El gerente ha venido a comprobar cuál es el problema".

"جاء المدير للتحقق من المشكلة".

"Él te preguntó por qué no saliste en el tren temprano."

"سأل لماذا لم تغادر على متن القطار المبكر".

"No sabemos qué decirle", dijo el padre.

قال الأب: "لا نعرف ماذا نقول له.".

"Por cierto, también quiere hablar contigo personalmente."

"بالمناسبة، هو يريد أيضاً التحدث إليك شخصياً".

"Por favor, abre la puerta para que pueda hablar contigo."

"أرجوك افتح الباب حتى يتمكن من التحدث معك".

"Tendrá la amabilidad de disculpar el desorden en la habitación".

"سيكون لطيفاً بما يكفي ليغفر الفوضى الموجودة في الغرفة".

"Buenos días, señor Samsa", le saludó el gerente.

"صباح الخير يا سيد سامسا"، نادى عليه المدير.

Y ciertamente le habló de manera amistosa.

وبالتأكيد تحدث معه بطريقة ودية.

"No está bien", le dijo la madre al gerente.

قالت الأم للمدير: "إنه ليس بخير."

"No se encuentra bien en absoluto, créame, querido gerente."

"صدقني يا مديرنا العزيز، إنه ليس بخير على الإطلاق".

¿Por qué si no, Gregor perdería el tren de la mañana?

"وإلا فلماذا سيفوت غريغور قطار الصباح؟"

"El chico no tiene nada en la cabeza excepto el negocio."

"ليس في ذهن الصبي شيء سوى العمل".

"Casi me molesta que no haga nada más".

"يكاد يزعجني أنه لا يفعل شيئاً آخر".

"Me gustaría que saliera por las noches a tomar aire fresco".

أتمنى لو كان يخرج في المساء ليستنشق الهواء النقي.

"Estuvo en la ciudad ocho días por negocios."

"لقد كان في المدينة لمدة ثمانية أيام لأغراض تجارية".

"Pero él estaba en casa todas esas noches"

"لكنه كان يبقى في المنزل كل تلك الأمسيات"

"Se sienta en nuestra mesa y lee el periódico".

"يجلس على طاولتنا ويقرأ الجريدة".

"En otras ocasiones, estudia los horarios de los trenes."

"وفي أوقات أخرى، يدرس جداول مواعيد القطارات".

"A veces se mantiene ocupado con la carpintería".

"أحياناً يشغل نفسه بأعمال النجارة".

"Por ejemplo, talló un pequeño marco de madera para cuadros".

"على سبيل المثال، قام بنحت إطار صورة خشبي صغير".

"Estuvo ocupado con la sierra durante dos o tres tardes".

"على مدى ليلتين أو ثلاث ليالٍ، كان مشغولاً بالمنشار".

"Te sorprenderá lo bonito que es el marco de fotos".

"ستندهش من مدى جمال إطار الصورة".

"Ha colgado el marco de fotos en su habitación."

"لقد علّق إطار الصورة في غرفته".

"Cuando abra la puerta veréis su carpintería."

"عندما يفتح الباب سترى أعماله الخشبية".

"Por cierto, me alegro de que esté aquí, señor Prokurist".

"بالمناسبة، أنا سعيد بوجودك هنا يا سيد بروكوريست".

"Solos no habríamos podido lograr que Gregor abriera la puerta."

"لم نكن لنستطيع بمفردنا أن نجعل غريغور يفتح الباب".

"Es muy terco", le confesó su madre al empleado.

"إنه عنيد للغاية"، هكذا اعترفت والدته للموظف.

"Ciertamente está enfermo, aunque antes lo negó".

"إنه بالتأكيد ليس على ما يرام، على الرغم من أنه أنكر ذلك من قبل".

"Estaré allí enseguida", dijo Gregor lentamente y con cuidado.

قال غريغور ببطء وحذر: "سأكون هناك حالاً".

Pero no hizo ningún movimiento hacia la puerta de la habitación.

لكنه لم يتحرك باتجاه باب الغرفة.

No quería perderse ni una palabra de la conversación.

لم يكن يريد أن يفقد كلمة واحدة من المحادثة.

El secretario jefe estuvo de acuerdo con la evaluación de la madre.

وافق رئيس الموظفين على تقييم الأم.

-Tampoco puedo explicarlo de otra manera, señora.

"لا أستطيع تفسير ذلك بأي طريقة أخرى أيضاً يا سيدتي".

"Esperemos que no tenga ninguna enfermedad grave", dijo.

وقال: "دعونا جميعاً نأمل ألا يكون مصاباً بمرض خطير."

"Por otro lado, es un peligro en nuestra industria".

"من ناحية أخرى، إنه يشكل خطراً في صناعتنا".

"Nosotros, los empresarios, a menudo tenemos que superar el malestar."

"غالباً ما يتعين علينا نحن رجال الأعمال التغلب على الشعور بعدم الارتياح".

"Los profesionales simplemente tienen que aguantar los dolores leves".

"على المحترفين فقط أن يتحملوا الآلام الطفيفة".

Mientras tanto su padre volvió a llamar a la otra puerta.

وفي هذه الأثناء، طرق والده الباب الآخر مرة أخرى.

"¿Puede entrar ahora el jefe de oficina?" quiso saber.

"هل يمكن لرئيس الموظفين الدخول الآن؟" أراد أن يعرف.

"No, no puede", respondió Gregor a la pregunta de su padre.

أجاب غريغور على سؤال والده قائلاً: "لا، لا يستطيع".

Un silencio incómodo cayó en la habitación de la izquierda.

ساد صمتٌ مُحرج في الغرفة على اليسار.

En la habitación de la derecha la hermana comenzó a sollozar.

في الغرفة على اليمين، بدأت الأخت بالبكاء.

¿Por qué la hermana no se había ido a estar con los demás?

لماذا لم تذهب الأخت لتكون مع الآخرين؟

Probablemente acababa de levantarse de la cama, pensó.

ربما كانت قد نهضت للتو من السرير، هكذا فكر.

Es posible que ni siquiera haya empezado a vestirse todavía.

ربما لم تبدأ حتى في ارتداء ملابسها بعد.

Pero Gregor no podía entender por qué ella lloraba.

لكن غريغور لم يستطع أن يفهم سبب بكائها.

¿Fue porque no se levantó y dejó entrar al gerente?

هل كان ذلك لأنه لم ينهض ويسمح للمدير بالدخول؟

¿Fue porque estaba en peligro de perder su trabajo?

هل كان ذلك لأنه كان معرضاً لخطر فقدان وظيفته؟

¿Podría el jefe venir a buscar a los padres como antes?

هل سيلاحق المدير الوالدين كما فعل سابقاً؟

¿Iba a volver a hacerles las mismas exigencias de siempre?

هل كان سيُعيد طرح مطالبه القديمة عليهم؟

Estas cosas probablemente no hacían que hubiera que preocuparse.

ربما لم يكن هناك داعٍ للقلق بشأن هذه الأمور.

Por el momento no tenía motivos para llorar.

في الوقت الراهن، لم يكن لديها سبب للبكاء.

Gregor todavía estaba allí, manteniendo a la familia.

كان غريغور لا يزال هنا، يعيل الأسرة.

Y nunca tuvo intención de abandonar a la familia.

ولم تكن لديه أي نية لترك العائلة.

Por el momento, simplemente permaneció tendido sobre la alfombra.

في الوقت الحالي، كان مستلقياً هناك على السجادة.

La familia desconocía la condición en la que se encontraba.

لم تكن العائلة على علم بحالته الصحية.

Si lo hubieran sabido no habrían animado a su jefe.

لو كانوا يعلمون لما شجعوا رئيسه.

Ni siquiera habrían dejado entrar al gerente a la casa.

لم يكونوا ليسمحوا حتى للمدير بالدخول إلى المنزل.

No habría sido particularmente grosero rechazarlo.

لم يكن طرده تصرفاً وقحاً بشكل خاص.

Fácilmente podría haber encontrado una excusa adecuada más tarde.

كان بإمكانه بسهولة إيجاد عذر مناسب لاحقاً.

No era algo por lo que lo hubieran podido despedir.

لم يكن ذلك شيئاً يمكن أن يؤدي إلىٰ فصله.

Gregor pensó que ahora sería más sensato que lo dejaran solo.

شعر غريغور أن تركه وشأنه سيكون أكثر منطقية الآن.

Molestarlo con llantos y conversaciones no sirvió de mucho.

لم يُجدِ إزعاجه بالبكاء والكلام نفعاً يُذكر.

Pero fue la incertidumbre lo que molestó a los demás.

لكن حالة عدم اليقين هي التي أزعجت الآخرين.

Y fue esta incertidumbre la que justificó su comportamiento.

وكان هذا الغموض هو الذي برر سلوكهم.

—¡Señor Samsa! —gritó el gerente en voz alta.

"السيد سامسا"، نادى المدير بصوت عالٍ.

"¿Qué te pasa?" quiso saber.

"ما الذي يجري معك؟" أراد أن يعرف.

"Te has atrincherado en tu habitación."

"لقد تحصّنت في غرفتك".

"Solo puedes responder con un 'sí' o un 'no'."

"لا تجيب إلا بـ 'نعم' أو 'لا'".

"Estás causando serias preocupaciones a tus padres."

"أنت تسبب قلقاً بالغاً لوالديك".

"No veo ninguna buena razón para preocuparlos".

"لا أرى سبباً وجيهاً يدعو للقلق".

"Hay otra cosa más que mencionaré de paso."

"هناك أمر آخر سأذكره عرضاً".

"También estás descuidando tus obligaciones comerciales hacia nosotros".

"أنت أيضاً تهمل واجباتك التجارية تجاهنا".

"Esa irresponsabilidad está totalmente fuera de tu carácter".

"إن هذا النوع من عدم المسؤولية لا يتناسب إطلاقاً مع شخصيتك".

"Hablo aquí en nombre de tus padres y de tu jefe".

"أتحدث هنا نيابة عن والديكم ومديركم".

"Y os pido una explicación inmediata y clara."

"وأطلب منكم تفسيراً فورياً وواضحاً".

"Todo esto realmente me sorprende, debo decir".

"هذا الأمر برمته يثير دهشتي حقاً، لا بد لي من القول".

"Pensé que te conocía como una persona tranquila y razonable."

"كنت أظن أنني أعرفك كشخص هادئ وعقلاني".

"Pero ahora nos estás mostrando un lado diferente de ti".

"لكنك الآن تُظهر لنا جانبًا مختلفًا من شخصيتك".

"De repente estás mostrando tus caprichos tan peculiares."

"فجأةً بدأت تظهر نزواتك الغريبة للغاية".

"Pero podría haber una explicación para tu fracaso".

"لكن قد يكون هناك تفسير لفشلك".

"El jefe mencionó una deuda que usted había cobrado para nosotros."

"ذكر المدير ديناً قمت بتحصيله لنا".

"Le di al jefe mi palabra de honor en tu nombre".

"لقد أعطيت رئيسي كلمتي الشرفية نيابة عنك".

"Pero ahora veo tu incomprensible terquedad."

"لكنني الآن أرى عنادك الذي لا يُفهم".

"Aún podría perder todo mi deseo de ayudarte."

"قد أفقد كل رغبتي في مساعدتك على الإطلاق".

"Su seguridad laboral no es en absoluto totalmente estable".

"أمانك الوظيفي ليس مستقراً تماماً بأي حال من الأحوال".

"Originalmente tenía la intención de contarte todo esto en privado".

"كنت أنوي في الأصل إخباركم بكل هذا على انفراد".

"Pero ahora veo que quieres que pierda mi tiempo aquí".

"لكنني أرى الآن أنك تريدني أن أضيع وقتي هنا".

"Así que no veo ninguna razón por la que tus padres no deberían saberlo."

"لذا لا أرى أي سبب يمنع والديك من معرفة ذلك".

"Su desempeño reciente no ha sido satisfactorio."

"أداؤك الأخير لم يكن مرضياً".

"Reconozco que las ventas son más lentas en esta época del año".

أقر بأن المبيعات تكون أبطأ في هذا الوقت من العام.

"Pero no hay época del año en que no haya ventas".

"لكن لا يوجد وقت من السنة لا توجد فيه مبيعات".

Por un momento Gregor olvidó todo lo que le rodeaba.

للحظة، نسي غريغور كل شيء من حوله.

—¡Pero señor Prokurist! —gritó Gregor desesperado.

"لكن يا سيد بروكوريست!" صرخ غريغور بيأس.

"Abriré la puerta enseguida, ahora mismo, no te preocupes."

"سأفتح الباب فوراً، الآن، لا تقلق".

"El problema es que me he estado sintiendo bastante mal."

"المشكلة هي أنني أشعر بتوعك شديد".

"Mi mareo me impidió llegar a la puerta."

"الدوار منعني من الوصول إلى الباب".

"Todavía estoy en cama, pero me siento mucho mejor."

"ما زلتُ طريح الفراش، لكنني أشعر بتحسن كبير".

"Un momento por favor, me estoy levantando de la cama."

"لحظة من فضلك، أنا على وشك النهوض من السرير".

"Un momento de paciencia es todo lo que pido, señor Prokurist."

"كل ما أطلبه منك يا سيد بروكوريست هو لحظة من الصبر".

"No va tan bien como pensaba, pero estaré bien".

"الأمور لا تسير على ما يرام كما كنت أعتقد، لكنني سأكون بخير".

"¿Cómo puede sucederle algo así a una persona tan rápidamente?"

"كيف يمكن أن يحدث شيء كهذا لشخص بهذه السرعة؟"

"Me sentí bien anoche, mis padres lo saben."

"كنت أشعر أنني بخير الليلة الماضية، والداي يعرفان ذلك".

"Pero quizá ya tuve una pequeña premonición entonces."

"لكن ربما كان لديّ حدسٌ ما حينها".

"Quizás te preguntes por qué no lo reporté en la oficina".

"قد تسأل لماذا لم أبلغ عن ذلك في المكتب".

"Pensé que me sentiría mucho mejor por la mañana".

"كنت أعتقد أنني سأشعر بتحسن كبير في الصباح".

"Uno siempre piensa que para entonces ya habrá superado la enfermedad."

"يعتقد المرء دائماً أنهم سيتغلبون على المرض بحلول ذلك الوقت".

"¡Pero por favor! ¡Libera a mis padres de estas acusaciones!"

"لكن أرجوكم! ارحموا والديّ من هذه الاتهامات"!

"No me han dicho ni una palabra de lo que me contaste."

"لم يُخبرني أحد بكلمة واحدة عما أخبرتني به".

"Puede que no hayas leído las últimas órdenes que envié".

"ربما لم تقرأ الأوامر الأخيرة التي أرسلتها".

"Por cierto, no tienes que preocuparte por mí hoy."

"على فكرة، لا داعي للقلق عليّ اليوم".

"Aun así voy a tomar el tren de las ocho."

"سأستقل قطار الساعة الثامنة على أي حال".

"Las pocas horas de descanso me han fortalecido bastante".

"لقد منحتني ساعات الراحة القليلة ما يكفي من القوة".

"Realmente no hay necesidad de esperar, gerente."

"لا داعي للانتظار يا مدير".

"Yo también estaré en la oficina muy pronto."

"سأكون أنا أيضاً في المكتب قريباً جداً".

"Y por favor, ten la amabilidad de decirme algo bueno".

"وأرجو منكم التكرم بالتوصية بي".

Gregor había pronunciado su explicación con bastante precipitación.

"أدلى غريغور بتفسيره على عجل شديد.

Apenas sabía lo que realmente estaba tratando de decir.

لم يكن يعرف ما الذي كان يحاول قوله حقاً.

Se acercó a la caja y trató de usarla para ponerse de pie.

ذهب إلى الصندوق، وحاول استخدامه للوقوف.

Realmente tenía toda la intención de abrir la puerta.

كان ينوي حقاً فتح الباب.

Quería ser visto por el representante autorizado.

أراد أن يُقابل الممثل المُعتمد.

Y quería resolver el problema con él personalmente.

وأراد أن يحل المشكلة معه شخصياً.

Estaba ansioso por saber cómo reaccionarían los demás ante él.

كان متشوقاً لمعرفة كيف سيكون رد فعل الآخرين تجاهه.

Ya deben estar ansiosos por ver cómo está.

لا بد أنهم الآن متشوقون أيضاً لمعرفة حاله.

Había dos formas posibles en las que podían reaccionar ante él.

كان هناك احتمالان لرد فعلهم تجاهه.

Una posibilidad era que estuvieran asustados.

كان أحد الاحتمالات هو أنهم سيشعرون بالخوف.

Si estaban asustados entonces él no tenía ninguna responsabilidad.

إذا كانوا خائفين، فهو غير مسؤول.

Y entonces no tendría que preocuparse por la situación.

وحينها لن يضطر للقلق بشأن الوضع.

Pero también había otra posibilidad en la que pensar.

لكن كان هناك احتمال آخر يجب التفكير فيه.

Quizás aceptarían con calma su forma de ser.

ربما سيتقبلون بهدوء الطريقة التي كان عليها.

Entonces Gregor tampoco tendría motivos para enojarse.

عندها لن يكون لدى غريغور أي سبب للانزعاج أيضاً.

Todavía habría tiempo suficiente para coger el tren.

سيكون هناك متسع من الوقت للحاق بالقطار.

Sin embargo, mantenerse en pie no fue una tarea fácil.

لكن الوقوف منتصباً لم يكن مهمة سهلة بأي حال من الأحوال.

En sus primeros intentos se resbaló de la caja.

في محاولاته الأولى، انزلق من على الصندوق.

La caja era demasiado lisa para que él pudiera apoyarse contra ella.

كان الصندوق أملس للغاية بحيث لم يستطع الوقوف في وجهه.

Y finalmente se dio un último empujón para ponerse de pie.

وأخيراً، بذل جهداً أخيراً ليقف.

Ya no le prestó más atención al dolor en su abdomen.

لم يعد يولي أي اهتمام للألم في بطنه.

No importaba cuánto dolor sintiera, él lo superaría.

مهما بلغ الألم، كان سيتجاوزه.

Se dejó caer contra el respaldo de una silla cercana.

ترك نفسه يسقط على ظهر كرسي قريب.

Y se agarró a los bordes con sus pequeñas piernas.

وتشبث بالحواف بساقيه الصغيرتين.

En ese momento ya tenía más control de sí mismo.

لقد تمكن في هذه المرحلة من السيطرة على نفسه بشكل أكبر.

Y su caída fue más silenciosa que la anterior.

وكان سقوطه أكثر هدوءاً من سابقه.

Porque tenía que escuchar lo que decía el gerente.

لأنه كان عليه أن يستمع إلى ما يقوله المدير.

¿Entendieron algo de eso?, preguntó a los padres.

سأل الوالدين: "هل فهمتم أي شيء من ذلك؟"

"No se burlaría de nosotros, ¿verdad?"

"لن يخدعنا، أليس كذلك؟"

—¡Por Dios! —gritó la madre, ya llorando.

"يا إلهي!" صرخت الأم وهي تبكي.

"Puede que esté gravemente enfermo y lo estamos atormentando".

"ربما يكون مريضاً بشدة ونحن نعذبه".

"¡Grete! ¡Grete!", le gritó a la hija.

"غريت! غريت!" صرخت في وجه ابنتها.

"¿Mamá?" llamó la hermana desde el otro lado.

نادت الأخت من الجانب الآخر: "أمي؟".

Luego se comunicaron a través de la habitación de Gregor.

ثم تواصلوا عبر غرفة غريغور.

Gregor está muy enfermo y necesita medicamentos.

"غريغور مريض جداً ويحتاج إلى دواء".

"Tendrás que ir al médico inmediatamente."

"سيتعين عليك الذهاب إلى الطبيب فوراً".

¿Escuchaste cómo habló Gregor hace un momento?

"هل سمعت الطريقة التي تحدث بها غريغور للتو؟"

"Esa era la voz de un animal", dijo el gerente.

قال المدير: "كان ذلك صوت حيوان".

Sus palabras eran silenciosas comparadas con los gritos de la madre.

كانت كلماته هادئة مقارنة بصراخ الأم.

—¡Anna! ¡Anna! —llamó el padre desde la antesala.

"آنا! آنا!" نادى الأب من خلال الغرفة الأمامية.

Y aplaudió para llamar su atención.

وصفق بيديه لجذب انتباههم.

"¡Llama a un cerrajero inmediatamente!" le ordenó a la criada.

أمر الخادمة قائلاً: "أحضري صانع أقفال فوراً"!

Las muchachas, con sus faldas, corrían por la antesala.

ركضت الفتيات، مرتديات تنانيرهن، عبر الغرفة الأمامية.

Y sus faldas crujieron mientras corrían frente a su habitación.

وصدرت تنانيرهن حفيفاً وهن يركضن أمام غرفته.

"¿Cómo se vistió la hermana tan rápido?" pensó.

"كيف ارتدت الأخت ملابسها بهذه السرعة؟" فكر.

La puerta se abrió de golpe, pero no se cerró de golpe.

تم فتح الباب عنوةً، لكنه لم يُغلق بقوة.

Esto es común en los hogares donde ocurre una gran desgracia.

هذا أمر شائع في المنازل التي تحدث فيها مصيبة كبيرة.

Pero todo esto había hecho que Gregor se volviera mucho más tranquilo.

لكن كل هذا جعل غريغور أكثر هدوءاً.

Cuando escuchó sus propias palabras le parecieron claras.

عندما سمع كلماته، بدت له واضحة.

De hecho, sintió que sus palabras habían sido más claras.

في الواقع، شعر أن كلماته كانت أكثر وضوحاً.

Pero los demás ya no entendían lo que decía.

لكن الآخرين لم يعودوا يفهمون ما كان يقوله.

Quizás ya se había acostumbrado a sus oídos.

ربما يكون قد اعتاد على أذنيه الآن.

Pero al menos ahora entendían mejor su situación.

لكن على الأقل فهموا وضعه الآن بشكل أفضل.

Se dieron cuenta de que realmente había algo mal con él.

أدركوا أن هناك بالفعل مشكلة ما به.

Y ahora estaban haciendo todo lo que podían para ayudarlo.

وكانوا الآن يبذلون كل ما في وسعهم لمساعدته.

Esto le dio a Gregor una sensación de confianza que le faltaba.

هذا الأمر منح غريغور شعوراً بالثقة كان يفتقدها.

Y se sintió nuevamente mucho más seguro en la familia.

وشعر بالأمان مجدداً في كنف عائلته.

Se sintió incluido nuevamente en el círculo humano.

شعر بأنه قد تم إدراجه مرة أخرى في دائرة البشر.

Ahora tenía que esperar que el cerrajero pudiera abrir la puerta.

والآن عليه أن يأمل أن يتمكن صانع الأقفال من فتح الباب.

Y esperaba que el médico pudiera realizar tales tareas.

وكان يأمل أن يتمكن الطبيب من أداء مثل هذه المهام.

Pronto tendría que hablar más.

سيضطر إلى التحدث أكثر قريباً.

Su voz tendría que ser lo más clara posible.

كان عليه أن يجعل صوته واضحاً قدر الإمكان.

Para prepararse para la reunión se aclaró la garganta.

استعداداً للاجتماع، قام بتنظيف حلقه.

Sin embargo, hizo todo lo posible para toser muy silenciosamente.

ومع ذلك، بذل قصارى جهده ليسعل بهدوء شديد.

El ruido podría haber sonado diferente a una tos humana.

ربما كان الصوت مختلفًا عن صوت السعال البشري.

Sabía que ya no podía diferenciar esas cosas.

كان يعلم أنه لم يعد قادراً على التمييز بين هذه الأشياء.

En la habitación contigua reinaba un silencio absoluto.

في الغرفة المجاورة، ساد صمت تام.

Los padres probablemente estaban sentados a la mesa.

ربما كان الوالدان جالسين على الطاولة.

Quizás estaban susurrando con el gerente.

ربما كانوا يتحدثون همساً مع المدير.

Quizás todos estaban apoyados en la puerta y escuchando.

ربما كان الجميع يميلون إلى الباب ويستمعون.

Gregor empujó lentamente la silla hacia la puerta.

دفع غريغور الكرسي ببطء نحو الباب.

Empujó la puerta y se mantuvo en pie.

دفع الباب بقوة وحافظ على استقامته.

Se enteró de que las almohadillas de sus pies tenían un poco de pegamento.

لقد اكتشف أن وسادات قدميه تحتوي على القليل من الصمغ.

Y descansó allí un momento del esfuerzo.

واستراح هناك للحظة من شدة الجهد.

Después de descansar lo suficiente, comenzó con la siguiente tarea.

وبعد أن استراح بما فيه الكفاية، بدأ بالمهمة التالية.

Empezó a girar la llave en la cerradura con la boca.

بدأ يدير المفتاح في القفل بفمه.

Desafortunadamente, parecía que no tenía dientes reales.

لسوء الحظ، يبدو أنه لم يكن لديه أسنان حقيقية.

¿Pero qué otra forma tenía de conseguir las llaves?

لكن ما هي الطريقة الأخرى التي كانت لديه للحصول على المفاتيح؟

Afortunadamente para él, sus mandíbulas eran, por supuesto, muy fuertes.

ولحسن حظه، كانت فكاه قوية للغاية بالطبع.

Con la ayuda de sus mandíbulas realmente consiguió mover la llave.

وبمساعدة فكيه، تمكن من تحريك المفتاح بالفعل.

No tenía ninguna duda de que él también se estaba haciendo daño.

لم يكن لديه أدنى شك في أنه كان يلحق الضرر بنفسه أيضاً.

Porque de su boca salía un líquido marrón.

لأن سائلاً بنياً كان يخرج من فمه.

El líquido marrón fluyó sobre la llave y por la puerta.

تدفق السائل البني فوق المفتاح ونزل على الباب.

Pero a Gregorio no le importaba hacerse daño a sí mismo.

لكن غريغور لم يكترث بأنه كان يؤذي نفسه.

"¿Puedes oír eso?" dijo el gerente en la habitación de al lado.

قال المدير في الغرفة المجاورة: "هل تسمع ذلك؟"

"Está girando la llave", había notado el gerente.

"إنه يدير المفتاح"، هكذا لاحظ المدير.

Estas palabras fueron un gran estímulo para Gregor.

كانت هذه الكلمات بمثابة تشجيع كبير لغريغور.

Pero el padre y la madre también deberían haber gritado:

لكن كان ينبغي على الأب والأم أيضاً أن يصرخا:

«¡Bien, Gregor!», deberían haberle gritado.

كان ينبغي عليهم أن يصرخوا له قائلين: "أحسنت يا غريغور."

"Sigue adelante, sigue girando esa llave, puedes lograrlo".

"استمر، استمر في تدوير هذا المفتاح، يمكنك فعلها".

Pero Gregor tuvo que imaginarse su emoción.

لكن بدلاً من ذلك، كان على غريغور أن يتخيل مدى حماسهم.

Apretó las mandíbulas con toda la fuerza que tenía.

شدّ على فكيه بكل قوته.

Y continuó girando la llave en la cerradura.

واستمر في تدوير المفتاح في القفل.

Dolorosamente su cuerpo se retorció en un círculo.

التوى جسده بشكل مؤلم في دائرة.

Ahora se mantenía erguido únicamente con la boca.

كان الآن يمسك نفسه منتصباً بفمه فقط.

Para seguir girando la llave presionó contra la puerta.

واستمر في تدوير المفتاح بالضغط على الباب.

Finalmente el chasquido de la cerradura despertó de nuevo a Gregor.

وأخيراً أيقظ صوت انغلاق القفل غريغور مرة أخرى.

"Así que no necesité al cerrajero", suspiró aliviado.

"إذن لم أكن بحاجة إلى صانع الأقفال"، تنهد بارتياح.

Ahora sólo faltaba abrir la puerta que había desbloqueado.

كل ما عليه الآن هو أن يفتح الباب الذي كان قد فتحه.

Y con la cabeza en el pomo abrió la puerta.

ووضع رأسه على المقبض ثم فتح الباب.

Estaba detrás de la puerta que daba a su habitación.

كان يقف خلف الباب الذي يفتح على غرفته.

Así que la puerta ya estaba abierta antes de que pudiera ser visto.

إذن كان الباب مفتوحاً بالفعل قبل أن يُرى.

A continuación tuvo que maniobrar para rodear la puerta.

ثم كان عليه أن يتحرك حول الباب نفسه.

Este difícil movimiento también requirió mucho esfuerzo.

وقد تطلبت هذه الحركة الصعبة أيضاً الكثير من الجهد.

No quería caer torpemente en la habitación contigua.

لم يكن يريد أن يسقط بشكل أخرق في الغرفة المجاورة.

Así que no tuvo tiempo de prestar atención a nada más.

لذلك لم يكن لديه وقت للاهتمام بأي شيء آخر.

Pero entonces oyó al jefe de oficina exclamar en voz alta: "¡Oh!".

لكنه سمع بعد ذلك رئيس الكتبة يقول بصوت عالٍ "أوه"!

Sonaba como si el viento corriera a través de la casa.

بدا الأمر وكأن الرياح تعصف في أرجاء المنزل.

Resultó que él era el que estaba más cerca de la puerta.

لقد كان هو الأقرب إلى الباب.

Y al verlo, se llevó la mano a la boca.

والآن، عندما رآه، وضع يده على فمه.

Se movió lentamente hacia atrás, alejándose de Gregor.

تحرك ببطء إلى الخلف، مبتعداً عن غريغور.

Pero era como si una fuerza invisible actuara sobre él.

لكن الأمر كان أشبه بقوة خفية تؤثر عليه.

Lo primero que hizo la madre fue mirar al padre.

أول ما فعلته الأم هو النظر إلى الأب.

A pesar de la presencia del gerente, su cabello estaba despeinado.

على الرغم من وجود المدير، كان شعرها أشعثاً.

Desplegó los brazos y dio dos pasos hacia adelante.

فتحت ذراعيها، وخطت خطوتين إلى الأمام.

Pero entonces se desplomó en medio de su falda.

لكنها انهارت بعد ذلك وهي ترتدي تنورتها.

Su vestido se extendió a su alrededor en el suelo.

انتشر فستانها حولها على الأرض.

Y su cabeza desapareció sobre sus propios pechos.

واختفى رأسها على صدرها.

El padre apretó el puño con expresión hostil.

قبض الأب قبضته بتعبير عدائي.

Parecía querer que Gregor fuera empujado de nuevo a su habitación.

بدا أنه يريد دفع غريغور إلى غرفته.

Luego miró con incertidumbre alrededor de la sala de estar.

ثم نظر بتردد حول غرفة المعيشة.

Y finalmente se cubrió los ojos entre las manos.

وأخيراً غطى عينيه بين يديه.

Y lloró amargamente hasta que su poderoso pecho se estremeció.

وبكى بكاءً مريراً حتى اهتز صدره العظيم.

Gregor en realidad no entró en su habitación.

لم يدخل غريغور غرفتهم على الإطلاق.

En lugar de eso, se apoyó contra el marco de la puerta.

بدلاً من ذلك، استند إلى إطار الباب.

Para los que estaban desde fuera solo era visible la mitad de su cuerpo.

لم يكن يظهر من الخارج سوى نصف جسده.

Y encima de su cuerpo estaba su cabeza, inclinada hacia un lado.

وكان رأسه فوق جسده، مائلاً إلى الجانب.

Para entonces la luz se había vuelto mucho más brillante que antes.

وبحلول ذلك الوقت، أصبح الضوء أكثر سطوعاً بكثير مما كان عليه من قبل.

Ahora se podía ver claramente el otro lado de la calle.

أصبح بإمكان المرء أن يرى بوضوح الجانب الآخر من الشارع الآن.

Apareció una sección del interminable y gris hospital.

ظهر جزء من المستشفى الرمادي الذي لا نهاية له.

La lluvia de la mañana aún no había parado del todo de caer.

لم يتوقف هطول أمطار الصباح تماماً بعد.

Pero ahora las gotas de lluvia eran más grandes y estaban más separadas.

لكن قطرات المطر الآن أصبحت أكبر حجماً وأبعد عن بعضها.

Los platos del desayuno estaban en abundancia en la mesa.

كانت أطباق الإفطار متوفرة بكثرة على الطاولة.

El padre pensaba que el desayuno era la comida más importante.

كان الأب يعتقد أن وجبة الإفطار هي أهم وجبة.

El desayuno era una comida que se prolongaba durante horas.

كان الإفطار وجبةً يستغرقها لساعات.

Y en esas horas leía los distintos periódicos.

وفي هذه الساعات كان يقرأ الصحف المختلفة.

Justo en la pared opuesta colgaba una fotografía de Gregor.

وعلى الجدار المقابل مباشرة، عُلقت صورة لغريغور.

La fotografía en la pared lo mostraba como teniente.

أظهرت الصورة المعلقة على الحائط أنه كان برتبة ملازم.

Era una fotografía de su época en el ejército.

كانت صورة من الفترة التي قضاها في الجيش.

Su mano estaba sobre su espada y tenía una sonrisa despreocupada.

كانت يده على سيفه، وكانت على وجهه ابتسامة خالية من الهموم.

Su postura y su uniforme exigían cierto respeto.

كانت هيئته وزيه الرسمي يفرضان نوعاً من الاحترام.

La otra puerta que conducía a la antesala también estaba abierta.

وكان الباب الآخر المؤدي إلى الغرفة الأمامية مفتوحاً أيضاً.

Y la puerta del apartamento todavía estaba abierta también.

وكان باب الشقة لا يزال مفتوحاً أيضاً.

Se podía ver hasta el patio delantero del apartamento.

كان بإمكان المرء أن يرى حتى ساحة الشقة الأمامية.

Y luego las escaleras conducían a la calle de abajo.

ثم قاد الدرج إلى الشارع بالأسفل.

Gregor fue el único que mantuvo la compostura.

كان غريغور الوحيد الذي حافظ على رباطة جأشه.

Él vio esto, por lo que la conversación era su responsabilidad.

لقد رأى ذلك، لذا كانت المحادثة مسؤوليته.

"Bueno, ahora me voy a vestir para ir a trabajar", dijo.

قال: "حسنًا، سأرتدي ملابسي للعمل الآن."

"Después de haber empaquetado las muestras textiles, me iré."

"بعد أن أحزم عينات الأقمشة، سأغادر".

"¿Aún tiene intención de dispararme, señor Prokurist?"

"هل ما زلت تنوي طردي يا سيد بروكوريست؟"

"Como puedes ver, no soy tan terco como pensabas."

"كما ترى، لستُ عنيداً كما كنت تظن".

"Y puedes ver que después de todo me gusta trabajar".

"ويمكنك أن ترى أنني أحب العمل في نهاية المطاف".

"Puedo admitir que viajar por trabajo no es fácil".

"أستطيع أن أعترف بأن السفر للعمل ليس بالأمر السهل".

"Pero también puedo aceptar que es parte de mi trabajo".

"لكنني أستطيع أيضاً أن أتقبل أن هذا جزء من وظيفتي".

"Gerente, ¿adónde va? ¿De vuelta a la oficina?"

"سيدي المدير، إلى أين أنت ذاهب؟ هل ستعود إلى المكتب؟"

"¿Informarás verazmente de todo lo que has visto?"

"هل ستبلغ بصدق عن كل ما رأيته؟"

"A veces sucede que uno no puede ir a trabajar."

"أحياناً يحدث أن يعجز المرء عن الذهاب إلى العمل".

"Este es el momento adecuado para recordar los logros pasados".

"هذا هو الوقت المناسب لتذكر الإنجازات السابقة".

"Después de eliminar la dificultad, uno trabaja aún mejor."

"بعد إزالة الصعوبة، يصبح العمل أفضل".

"Mi diligencia y concentración aumentarán".

"من المتوقع أن يزداد اجتهادي وتركيزي".

"Sabes muy bien que estoy en deuda con el jefe."

"أنت تعلم جيداً أنني مدين لرئيسي".

"Pero también estoy preocupada por mis padres y mi hermana".

"لكنني قلق أيضاً على والديّ وأختي".

"Estoy en una situación difícil, pero encontraré la manera de salir de ella".

"أنا في مأزق، لكنني سأجد طريقة للخروج منه".

"No hagas esto más difícil de lo que ya es."

"لا تجعل الأمر أكثر صعوبة مما هو عليه بالفعل".

"Como compañeros de trabajo también tenemos que ayudarnos unos a otros".

"بصفتنا زملاء في العمل، علينا أيضاً أن نساعد بعضنا البعض".

"Sé que a los trabajadores de oficina no les gustan los viajeros".

"أعلم أن موظفي المكاتب لا يحبون المسافرين".

"¿Crees que ganamos una fortuna y llevamos una buena vida?"

"أتظن أننا نكسب ثروة ونعيش حياة جيدة؟".

"No tienen ningún motivo real para considerar sus prejuicios".

"ليس لديهم سبب حقيقي للنظر في تحيزاتهم".

"Pero usted, oficial autorizado, tiene un papel diferente."

"لكن دورك مختلف أيها الضابط المخول".

"Tienes una mejor visión general que el resto del personal".

"لديك نظرة عامة أفضل من باقي الموظفين".

"De hecho, creo que probablemente tengas la mejor visión general".

"في الواقع، أعتقد أن لديك أفضل نظرة عامة".

"Tienes una visión mejor que el propio jefe".

"لديك نظرة عامة أفضل من المدير نفسه".

"Admito que el jefe hace el trabajo empresarial".

"أعترف بأن المدير يقوم بالفعل بالعمل الريادي".

"Pero es fácil que sus juicios sean erróneos."

"لكن من السهل أن تضلل أحكامه".

"Y estos pequeños errores de juicio pueden ser en nuestro detrimento".

"وهذه الأخطاء الصغيرة في التقدير قد تكون ضارة بنا".

"Ya sabes lo fácil que es hablar del viajero."

"أنت تعرف كم هو سهل الحديث عن المسافر".

"Él no está allí para defender su reputación de los chismes".

"إنه ليس هناك للدفاع عن سمعته من الشائعات".

"Esas acusaciones pueden fácilmente ser meras coincidencias".

"قد تكون هذه الاتهامات مجرد مصادفات".

"Muchas quejas ni siquiera tienen su base en ninguna verdad."

"العديد من الشكاوى لا تستند حتى إلى أي حقائق".

"Está fuera de la oficina casi todo el año."

"إنه خارج المكتب طوال العام تقريباً".

¿Qué posibilidades tiene de defender su propia reputación?

"ما هي فرصته في الدفاع عن سمعته؟"

"Ni siquiera se entera de las acusaciones".

"إنه لا يسمع حتى بالاتهامات".

"Se entera de lo que se ha dicho cuando ya es demasiado tarde."

"يكتشف ما قيل عندما يكون الأوان قد فات".

A estas alturas ya está exhausto por el viaje del día.

"في تلك المرحلة يكون منهكاً من رحلة اليوم".

"De todos modos, tendrá que experimentar las terribles consecuencias".

"عليه أن يواجه العواقب الوخيمة على أي حال".

"Aunque no tiene forma de entender el problema."

"على الرغم من أنه لا يملك أي وسيلة لفهم المشكلة".

"Oh, gerente, no se vaya sin decirme una palabra".

"يا مدير، لا تغادر دون أن تقول لي كلمة".

"Al menos dime que estás de acuerdo conmigo en parte."

"على الأقل أخبرني أنك توافقني الرأي جزئياً".

Pero el manager se había alejado de Gregor mucho antes.

لكن المدير كان قد انصرف عن غريغور في وقت سابق بكثير.

Su hombro se contrajo cuando volvió a mirar a Gregor.

ارتجف كتفه عندما نظر إلى غريغور.

Y no se quedó quieto ni un solo momento durante su discurso.

ولم يتوقف عن الكلام ولو لمرة واحدة أثناء الخطاب.

Él había mirado a Gregor con los labios fruncidos.

كان ينظر إلى غريغور بشفتين مضمومتين.

Se había ido retirando gradualmente hacia la puerta.

كان يتراجع تدريجياً نحو الباب.

Pero tampoco podía apartar la mirada de Gregor.

لكنه لم يستطع أن يصرف نظره عن غريغور أيضاً.

Sintió como si hubiera una prohibición secreta de salir de la habitación.

شعر وكأن هناك حظراً سرياً على مغادرة الغرفة.

Pero a estas alturas ya estaba en el vestíbulo de entrada.

لكن في هذه المرحلة كان قد وصل بالفعل إلى قاعة المدخل.

Y ahora hizo un movimiento repentino hacia la salida.

ثم قام بحركة مفاجئة نحو المخرج.

Extendió su mano derecha hacia las escaleras.

مدّ يده اليمنى باتجاه الدرج.

Quizás una fuerza sobrenatural estaba esperando para salvarlo.

ربما كانت قوة خارقة للطبيعة تنتظر لإنقاذه.

Gregor sabía que no podía permitir que se fuera así.

كان غريغور يعلم أنه لا يستطيع السماح له بالرحيل بهذه الطريقة.

El gerente no debe regresar con el mismo humor en el que estaba.

يجب ألا يعود المدير بنفس الحالة المزاجية التي كان عليها.

La seguridad del trabajo de Gregor estaba en grave peligro.

كان أمن وظيفة غريغور في خطر كبير.

Los padres no podían comprender plenamente todo esto.

لم يستطع الوالدان فهم كل هذا بشكل كامل.

Con los años se habían acostumbrado a su seguridad laboral.

على مر السنين، اعتادوا على استقرار وظيفته.

Y se convencieron de que tenía el trabajo de por vida.

وقد اقتنعوا بأنه سيحصل على الوظيفة مدى الحياة.

En lugar de eso, se habían ocupado de otras preocupaciones.

بدلاً من ذلك، انشغلوا بمشاكل أخرى أكثر.

Pero estas preocupaciones les hicieron perder toda previsión.

لكن هذه المخاوف دفعتهم إلى فقدان كل بصيرة.

Gregor, sin embargo, no había perdido la previsión paterna.

لكن غريغور لم يفقد بعد نظر الوالدين.

Alguien tenía que detener al representante autorizado.

كان لا بد من إيقاف الممثل المفوض.

Iba a tener que calmarlo y convencerlo.

كان عليه أن يهدئه ويقنعه.

¡El futuro de Gregor y su familia dependía de ello!

كان مستقبل غريغور وعائلته يعتمد على ذلك!

Ojalá la inteligente hermana hubiera estado allí para ayudar.

لو كانت الأخت الذكية هنا للمساعدة.

Ella ya había llorado cuando Gregor todavía estaba en su habitación.

لقد بكت بالفعل عندما كان غريغور لا يزال في غرفته.

En ese momento él simplemente yacía tranquilamente boca arriba.

في تلك اللحظة، كان مستلقياً بهدوء على ظهره.

Ella ya sabía entonces la importancia de la situación.

كانت تدرك بالفعل أهمية الموقف حينها.

El gerente tenía una debilidad bien conocida por las mujeres.

كان المدير معروفاً بميله الشديد للنساء.

Ella fácilmente podría haberlo persuadido para que se quedara más tiempo.

كان بإمكانها بسهولة إقناعه بالبقاء لفترة أطول.

Ella habría cerrado la puerta y lo habría guiado adentro.

كانت ستغلق الباب وتعيده إلى الداخل.

Pero desafortunadamente la hermana había ido a buscar un médico.

لكن لسوء الحظ، ذهبت الأخت لإحضار طبيب.

Así que Gregor no tuvo más remedio que hacerlo él mismo.

لذلك لم يكن أمام غريغور خيار سوى القيام بذلك بنفسه.

No había considerado cuáles eran realmente sus habilidades.

لم يكن قد فكر في ماهية قدراته الحقيقية.

Y se había olvidado de desconfiar de su capacidad de hablar.

وقد نسي أن يشك في قدرته على الكلام.

Pero aún así, abandonó la seguridad de su habitación.

لكن مع ذلك، فقد غادر أمان غرفته.

Y se abrió paso a través de la abertura de la habitación.

ودفع نفسه عبر فتحة الغرفة.

El gerente ya estaba bajando las escaleras.

كان المدير قد بدأ بالفعل بالنزول على الدرج.

Pero él se agarraba a la barandilla con ambas manos.

لكنه كان متمسكاً بالدرابزين بكلتا يديه.

Gregor se cayó mientras intentaba atravesar la puerta.

سقط غريغور أرضاً وهو يدفع نفسه عبر الباب.

**Dejó escapar un pequeño grito mientras trataba de agarrar
algo para apoyarse.**

أطلق صرخة صغيرة وهو يحاول التشبث بأي شيء طلباً للدعم.

Pero en lugar de pánico, sintió un bienestar físico.

لكن بدلاً من الذعر، شعر براحة جسدية.

Por primera vez esa mañana algo se sintió bien.

لأول مرة في ذلك الصباح، شعرت أن شيئاً ما كان صحيحاً.

Todas sus piernas ahora tenían tierra sólida debajo de ellas.

أصبحت جميع ساقيه الآن على أرض صلبة تحتها.

Se sorprendió de lo bien que podía controlar sus piernas.

لقد فوجئ بمدى قدرته على التحكم بساقيه.

**Se alegró de notar que sus piernas le obedecían
completamente.**

لقد شعر بالسعادة عندما لاحظ أن ساقيه تطيعانه تماماً.

De hecho, sus piernas lo llevaban a donde quería.

في الواقع، كانت ساقاه تحملانه إلى أي مكان يريده.

Pronto todas sus penas estaban destinadas a llegar a su fin.

سرعان ما ستنتهي كل أحزانه.

Pero en ese mismo momento su propia madre saltó.

لكن في نفس اللحظة قفزت والدته.

Sus brazos estaban extendidos y sus dedos separados.

كانت ذراعاها ممدودتين، وأصابعها متباعدة.

Y ella gritó: "¡Socorro! ¡Por el amor de Dios, que alguien ayude!"

وصرخت قائلة: "أغيثوني، بالله عليكم أغيثوني"!

Ella inclinó la cabeza; quería ver mejor a Gregor.

أمالت رأسها؛ أرادت أن ترى غريغور بشكل أفضل.

Pero en contraposición a la primera acción, ella corrió hacia atrás.

لكن على عكس الفعل الأول، ركضت للخلف.

Se había olvidado que la mesa estaba puesta detrás de ella.

لقد نسيت أن الطاولة كانت مُعدّة خلفها.

Todos los elementos para el desayuno todavía estaban en la mesa.

كانت جميع مستلزمات الإفطار لا تزال على الطاولة.

Se sentó apresuradamente en la mesa, como distraída.

جلست على الطاولة على عجل، كما لو كانت مشتتة الذهن.

Y ella no pareció darse cuenta del café derramado.

ويبدو أنها لم تلاحظ القهوة المسكوبة.

El café que ahora estaba empapando la alfombra.

القهوة التي كانت تتشربها السجادة الآن.

—Mamá, madre —dijo Gregor suavemente, mirándola.

قال غريغور بهدوء وهو ينظر إليها: "أمي، أمي."

Por el momento el manager no era importante para él.

في الوقت الحالي، لم يكن المدير مهماً بالنسبة له.

Pero también estaba el café goteando sobre la alfombra.

لكن كان هناك أيضاً القهوة التي تتساقط على السجادة.

Gregor no pudo resistirse a chasquear las mandíbulas al tomar el café.

لم يستطع غريغور مقاومة فتح فمه عند رؤية القهوة.

La madre comenzó a llorar nuevamente por su comportamiento.

بدأت الأم بالبكاء مرة أخرى بسبب سلوكه.

Ella saltó de la mesa para distanciarse de él.

قفزت من على الطاولة لتبتعد عنه.

Y ella corrió a los brazos del padre, buscando seguridad.

وركضت إلى أحضان والدها طلباً للأمان.

Pero Gregor ya no tenía tiempo que perder con sus padres.

لكن غريغور لم يعد لديه وقت ليضيعه مع والديه الآن.

El oficial autorizado ya estaba en las escaleras.

كان الضابط المخوّل موجوداً بالفعل على الدرج.

Apoyó la barbilla en la barandilla para mirar dentro de la casa.

كان يضع ذقنه على السور لينظر إلى داخل المنزل.

Al parecer quería echar un último vistazo al espectáculo.

على ما يبدو، أراد إلقاء نظرة أخيرة على المشهد.

Y Gregor hizo un último esfuerzo para llegar hasta el gerente.

وبذل غريغور جهداً أخيراً للوصول إلى المدير.

Corrió hacia la puerta tan seguro como pudo.

ركض نحو الباب بأمان قدر استطاعته.

Pero el jefe de oficina debía de sospechar algo.

لكن لا بد أن رئيس الكتبة كان يشك في شيء ما.

Porque saltó varios escalones y desapareció.

لأنه قفز عدة درجات إلى أسفل واختفى.

—¡Huh! —gritó Gregor, resonando en la escalera.

"هاه!" صرخ غريغور، وصدى صوته يتردد في أرجاء الدرج.

La fuga del gerente también pareció confundir a su padre.

بدا أن هروب المدير قد أثار حيرة والده أيضاً.

Hasta entonces había conseguido mantener la compostura.

لقد تمكن حتى ذلك الحين من الحفاظ على هدوئه التام.

Pero desgraciadamente él también perdió la compostura que había tenido.

لكن لسوء الحظ، فقد هو الآخر رباطة جأشه التي كان يتمتع بها.

Lo que debería haber hecho es ayudar a Gregor en su persecución.

كان عليه أن يساعد غريغور في مطاردته.

Pero con una mano agarró el bastón del gerente.

لكنه أمسك بعصا المدير بيد واحدة.

Y en la otra mano sostenía ahora un periódico.

وفي يده الأخرى كان يحمل صحيفة.

Y ahora estorbó directamente a Gregor en su persecución.

والآن قام بعرقلة غريغور بشكل مباشر في مطاردته.

Se había colocado entre Gregor y la calle.

لقد وضع نفسه بين غريغور والشارع.

Golpeó el suelo con los pies y agitó el palo y el periódico.

دقّ بقدميه على الأرض، ولوّح بالعصا والصحيفة.

Y él estaba forzando activamente a Gregor a regresar a su habitación.

وكان يُجبر غريغور بنشاط على العودة إلى غرفته.

Ninguna de las peticiones que Gregor intentó hacer sirvió de algo.

لم تُجدِ أي من الطلبات التي حاول غريغور تقديمها نفعاً.

Porque ninguna de las peticiones que hizo fue entendida.

لأنه لم يتم فهم أي من الطلبات التي قدمها.

Giró la cabeza hacia un ángulo más profundo y humilde.

أدار رأسه بزاوية أعمق وأكثر تواضعاً.

Pero su padre respondió golpeando el suelo con más fuerza.

لكن والده ردّ عليه بالدوس بقدميه بقوة أكبر.

La madre abrió una ventana, a pesar del clima frío.

فتحت الأم النافذة رغم برودة الطقس.

Y apretó su cara entre sus manos en el frío.

وضغطت وجهها بين يديها في البرد.

El viento ahora podría pasar por todo el apartamento.

أصبح بإمكان الرياح الآن المرور عبر الشقة بأكملها.

Una fuerte corriente de aire soplaba desde la escalera hacia el callejón.

هبت نسمة هواء قوية من الدرج إلى الزقاق.

Las cortinas se agitaban a causa del fuerte viento.

رفرفت الستائر بفعل الرياح القوية.

Y el periódico sobre la mesa crujió con el viento.

وصدرت حفيفات من الصحيفة الموضوعة على الطاولة في مهب الريح.

Incluso algunas hojas fueron arrastradas hasta el interior de la casa desde el exterior.

حتى أن بعض الأوراق دخلت إلى المنزل من الخارج.

El padre pateaba y empujaba sin descanso.

دق الأب قدميه على الأرض ودفع بلا هوادة.

Y silbaba y hacía ruidos como lo haría un hombre salvaje.

وأصدر أصواتاً كصوت رجل متوحش.

Pero Gregor aún no había practicado el caminar hacia atrás.

لكن غريغور لم يكن قد تدرب بعد على المشي إلى الخلف.

Incluso Gregor admitiría que este movimiento era mucho más lento.

حتى غريغور نفسه سيعترف بأن هذه الحركة كانت أبطأ بكثير.

Pero lo único que quería era la oportunidad de cambiar las cosas.

لكن كل ما كان يريده هو فرصة للعودة.

Entonces se habría ido directamente a su habitación.

ثم كان سيذهب إلى غرفته مباشرة.

Pero tenía demasiado miedo de impacientar a su padre.

لكنه كان يخشى كثيراً أن يجعل والده ينفد صبره.

Y allí estaba la amenaza de un golpe con el palo.

وكان هناك تهديد بالضرب بالعصا.

Un golpe así en la parte posterior de la cabeza podría ser fatal.

قد تكون مثل هذه الضربة على مؤخرة الرأس قاتلة.

Pero al final Gregor no tuvo otra opción.

لكن في النهاية لم يتبق أمام غريغور أي خيار آخر.

Se dio cuenta de que ni siquiera podía caminar hacia atrás en línea recta.

أدرك أنه لا يستطيع حتى المشي للخلف بشكل مستقيم.

Empezó a girar tan rápido como pudo.

بدأ يستدير بأسرع ما يمكن.

Pero en realidad este movimiento giratorio era igualmente lento.

لكن في الواقع، كانت هذه الحركة الدورانية بطيئة بنفس القدر.

Y le siguieron las miradas ansiosas del padre.

وتبعته نظرات الأب القلقة.

Quizás el padre notó las buenas intenciones de Gregor.

ربما لاحظ الأب نوايا غريغور الحسنة.

Porque no le impidió darse la vuelta.

لأنه لم يمنعه من الالتفات.

Incluso utilizó la punta de su bastón para guiar la rotación.

بل إنه استخدم طرف عصاه لتوجيه الدوران.

¡Pero Gregor aún deseaba que su padre no le hubiera silbado!

لكن غريغور ما زال يتمنى لو أن والده لم يصرخ في وجهه!

El silbido sólo aumentó la confusión del momento.

لم يزد صوت الفحيح إلا من ارتباك اللحظة.

Y luego cometió un error y giró en la dirección equivocada.

ثم ارتكب خطأً وانعطف في الاتجاه الخاطئ.

Al final logró encarar el camino correcto.

وفي النهاية تمكن أخيراً من مواجهة الطريق الصحيح.

Y estaba satisfecho con el progreso que había logrado.

وكان مسروراً بالتقدم الذي أحرزه.

Pero entonces el siguiente problema se hizo aún más evidente.

لكن المشكلة التالية أصبحت أكثر وضوحاً.

Su cuerpo era demasiado ancho para pasar fácilmente por la puerta.

كان جسده عريضاً جداً بحيث لا يمكنه المرور بسهولة من الباب.

En su estado actual el padre no se dio cuenta de esto.

في حالته الراهنة، لم يلاحظ الأب ذلك.

Así que no se le ocurrió abrir más la puerta.

لذلك لم يخطر بباله أن يفتح الباب أكثر.

Entonces habría habido suficiente espacio para Gregor.

عندها كان سيكون هناك مساحة كافية لغريغور.

Su única prioridad era conseguir que Gregor entrara a su habitación.

كانت أولويته الوحيدة هي إدخال غريغور إلى غرفته.

Habría tenido que ponerse de pie para poder pasar por la puerta.

كان عليه أن يقف منتصباً ليتمكن من المرور عبر الباب.

Pero el padre no hubiera permitido tal maniobra.

لكن الأب لم يكن ليسمح بمثل هذه المناورة.

De hecho, le estaba siseando aún más salvajemente que antes.

في الواقع، كان يزمجر في وجهه بشكل أكثر شراسة من ذي قبل.

Sonaba como si más de un hombre le estuviera silbando.

بدا الأمر وكأنه أكثر من مجرد رجل واحد يهمس في وجهه.

Sus demandas parecían tener una nueva urgencia detrás.

بدت مطالبه وكأنها تحمل طابعاً جديداً من الإلحاح.

Realmente ya no había más tiempo para perder el tiempo.

لم يعد هناك وقت للعبث الآن.

Pasara lo que pasara, Gregor tenía que atravesar la puerta.

مهما حدث، كان على غريغور أن يدخل من الباب.

Se abrió paso sin ningún respeto por sí mismo.

لقد بذل قصارى جهده دون أي اعتبار لذاته.

Un lado de su cuerpo fue empujado hacia arriba por el movimiento.

أدى هذا التحرك إلى رفع أحد جانبي جسده للأعلى.

Y él yacía torpe y torcido en el umbral de la puerta.

واستلقى بشكل غير مريح وملتوٍ بين المدخل.

Uno de sus flancos quedó en carne viva rozando la madera.

تعرض أحد جانبيه للخدش الشديد بسبب احتكاكه بالخشب.

Y había dejado feas manchas en la puerta pintada de blanco.

وقد ترك بقعاً قبيحة على الباب المطلي باللون الأبيض.

Las piernas de uno de sus costados colgaban temblando en el aire.

كانت ساقاه على أحد جانبيه تتدلى مرتجفة في الهواء.

Sus otras piernas estaban presionadas dolorosamente contra el suelo.

كانت ساقاه الأخريان مضغوطتين على الأرض بشكل مؤلم.

Pronto se quedaría atrapado completamente entre las puertas.

وسرعان ما سيجد نفسه عالقاً بين البابين تماماً.

Y entonces no habría podido moverse en absoluto.

وحينها لم يكن ليتمكن من الحركة على الإطلاق.

Pero el padre le dio un fuerte empujón realmente liberador.

لكن الأب أعطاه دفعة قوية ومحررة حقاً.

Y cayó, sangrando profusamente, hasta el fondo de su habitación.

وسقط، ينزف بغزارة، في عمق غرفته.

El padre cerró la puerta tras de sí con su bastón.

أغلق الأب الباب خلفه بعصاه.

Y finalmente hubo algo de paz y tranquilidad nuevamente.

وأخيراً عاد الهدوء والسكينة من جديد.

Segunda parte
الجزء الثاني

Gregor no se despertó hasta mucho más tarde ese mismo día.

لم يستيقظ غريغور إلا في وقت متأخر من اليوم.

Había anochecido; había dormido profundamente e inconscientemente.

حلّ الغسق؛ لقد نام نوماً عميقاً ودون وعي.

Se habría despertado incluso sin que nadie lo hubiera molestado.

كان سيستيقظ حتى بدون أن يزعجه أحد.

Porque se sentía suficientemente descansado y bien dormido.

لأنه شعر بالفعل بأنه قد حصل على قسط كافٍ من الراحة والنوم الجيد.

Pero le pareció oír unos pasos fugaces afuera.

لكنه ظن أنه سمع خطوات خاطفة في الخارج.

Y alguien podría haber cerrado cuidadosamente la puerta principal.

وربما يكون أحدهم قد أغلق الباب الأمامي بعناية.

La luz del tranvía eléctrico se reflejaba pálidamente en el techo.

كان ضوء الترام الكهربائي خافتاً على السقف.

La parte superior del mueble también recibió un poco de luz.

كما حظي الجزء العلوي من الأثاث ببعض الإضاءة أيضاً.

Pero allá abajo, a la altura de Gregor, estaba oscuro.

لكن على الأرض، على مستوى غريغور، كان الظلام حالكاً.

Sus piernas lo empujaron lentamente hacia la puerta nuevamente.

دفعته ساقاه ببطء نحو الباب مرة أخرى.

Tenía mucha curiosidad por ver qué había sucedido allí.

كان فضولياً للغاية لمعرفة ما حدث هناك.

Pero su control de sus sensores aún no estaba desarrollado.

لكن سيطرته على حواسه لم تكن قد تطورت بعد.

Aunque empezó a apreciar estos nuevos sensores.

على الرغم من أنه بدأ يُقدّر هذه المستشعرات الجديدة.

Una cicatriz larga y desagradable parecía recorrer su costado izquierdo.

بدت ندبة طويلة بشعة تمتد على طول جانبه الأيسر.

La cicatriz parecía como si apretara ese lado de su cuerpo.

كان يشعر وكأن الندبة قد شدّت ذلك الجانب من جسده.

Y entonces tuvo que cojear literalmente sobre sus dos filas de piernas.

وهكذا اضطر حرفياً إلى العرج على صفّي ساقيه.

Esa mañana una de sus piernas resultó gravemente herida.

كانت إحدى ساقيه قد أصيبت بجروح خطيرة في ذلك الصباح.

Realmente fue un milagro que no se hubiera roto más piernas.

لقد كانت معجزة حقاً أنه لم يكسر المزيد من الأرجل.

Y así arrastró sin vida su pierna herida.

وهكذا جرّ ساقه المصابة بلا حراك خلفه.

Cuando llegó a la puerta se dio cuenta de algo profundo.

عندما وصل إلى الباب أدرك شيئاً عميقاً.

Fue el olor de algo lo que lo atrajo hasta allí.

كانت رائحة شيء ما هي التي جذبته إلى هناك.

A Gregor le habían dejado algo comestible en su habitación.

وُضِعَ شيءٌ صالحٌ للأكل لغريغور في غرفته.

Trozos de pan blanco flotando en un cuenco de leche dulce.

قطع من الخبز الأبيض تطفو في وعاء من الحليب الحلو.

Apenas podía contener la alegría que había dentro de él.

لم يستطع كبح جماح الفرح الذي كان يملأ قلبه.

Ahora tenía incluso más hambre que por la mañana.

كان يشعر بجوع أكبر الآن مما كان عليه في الصباح.

Inmediatamente sumergió su cabeza en el cuenco de leche.

غمس رأسه على الفور في وعاء الحليب.

La leche le salía casi por toda la cabeza, hasta los ojos.

خرج الحليب من رأسه بالكامل تقريباً، حتى وصل إلى عينيه.

Pero pronto echó la cabeza hacia atrás, amargamente decepcionado.

لكنه سرعان ما سحب رأسه إلى الوراء، وقد خاب أمله بشدة.

Comer era difícil debido a su delicado lado izquierdo.

كان تناول الطعام صعباً بسبب حساسية جانبه الأيسر.

Y sólo podía comer jadeando con todo su cuerpo.

ولم يكن يستطيع أن يأكل إلا وهو يلهث بكل جسده.

Pero esa no fue la verdadera razón de su decepción.

لكن ذلك لم يكن السبب الحقيقي لخيبة أمله.

La leche siempre había sido uno de sus platos favoritos.

لطالما كان الحليب أحد أطباقه المفضلة.

No tenía ninguna duda de que su hermana recordaba esto.

لم يكن لديه أدنى شك في أن أخته قد تذكرت ذلك.

Y esa fue la razón por la que le había dado leche.

وكان هذا هو السبب الذي دفعها لإعطائه الحليب.

No podía explicar por qué ahora no le gustaba la leche.

لم يستطع أن يفسر سبب كرهه للحليب الآن.

Y se apartó del cuenco casi con reticencia.

وانصرف عن الوعاء وكأنه على مضض.

Decepcionado, se arrastró de nuevo hasta el centro de la habitación.

شعر بخيبة أمل، فزحف عائداً إلى منتصف الغرفة.

Desde allí pudo ver a través de la rendija de la puerta.

وهنا تمكن من الرؤية من خلال الشق الموجود في الباب.

Pudo ver que el fuego en la sala de estar estaba encendido.

كان بإمكانه أن يرى أن النار مشتعلة في غرفة المعيشة.

Generalmente a esta hora el padre leía el periódico.

عادة ما كان الأب يقرأ الصحيفة في هذا الوقت.

Él siempre solía leerle a la madre en voz alta.

كان دائماً يقرأ للأم بصوت عالٍ.

A veces la hermana también escuchaba al padre.

في بعض الأحيان كانت الأخت تستمع أيضاً إلى حديث الأب.

Ella siempre le había contado a Gregor sobre esta lectura en voz alta.

لطالما أخبرت غريغور عن هذه القراءة بصوت عالٍ.

Pero hoy no se oía ningún sonido en la habitación.

لكن اليوم لم يصدر أي صوت من الغرفة.

Quizás este hábito ya había caído en desuso.

ربما تكون هذه العادة قد اندثرت بالفعل.

Un profundo silencio se había apoderado de todo el apartamento.

ساد صمت عميق أرجاء الشقة بأكملها.

Aunque sabía que el apartamento ciertamente no estaba vacío.

مع أنه كان يعلم أن الشقة لم تكن خالية بالتأكيد.

«¡Qué vida tan tranquila lleva la familia!», pensó Gregor.

"يا لها من حياة هادئة تعيشها العائلة"، هكذا فكر غريغور.

Y miró hacia la oscuridad con gran orgullo.

وحدق في الظلام بكبرياء عظيم.

Estaba orgulloso de la vida que había podido darles.

كان فخوراً بالحياة التي استطاع أن يمنحها لهم.

Estaba orgulloso del hermoso apartamento en el que vivían.

كان فخوراً بالشقة الجميلة التي كانوا يعيشون فيها.

¿Pero toda esta paz estaba a punto de tener un final terrible?

لكن هل كان كل هذا السلام على وشك أن ينتهي نهاية مروعة؟

¿Les iban a quitar su prosperidad?

هل سيُسلب منهم رخاؤهم؟

¿Su satisfacción ahora era incierta en el futuro?

هل أصبح رضاهم غير مؤكد في المستقبل؟

Pero él no quería perderse en tales pensamientos.

لكنه لم يرغب في أن يغرق في مثل هذه الأفكار.

Para mantenerse ocupado se arrastraba arriba y abajo por las paredes.

ولإشغال نفسه، كان يزحف صعوداً وهبوطاً على الجدران.

Durante la larga velada una puerta estaba entreabierta.

خلال الأمسية الطويلة، فُتح أحد الأبواب قليلاً.

Y en otro momento la otra puerta se abrió un poquito.

وفي وقت آخر انفتح الباب الآخر قليلاً.

Pero en ambas ocasiones las puertas se cerraron rápidamente de nuevo.

لكن في كلتا المرتين، أُغلقت الأبواب بسرعة مرة أخرى.

Estaba claro que alguien de fuera tenía el deseo de entrar.

من الواضح أن شخصًا ما من الخارج كان لديه الرغبة في الدخول.

Pero también tenían demasiadas preocupaciones acerca de venir.

لكن كان لديهم أيضاً الكثير من المخاوف بشأن الدخول.

Gregor ahora se detuvo directamente en la puerta de la sala de estar.

توقف غريغور الآن مباشرة عند باب غرفة المعيشة.

Estaba decidido a tentar de algún modo al indeciso visitante.

كان مصمماً على إغراء الزائر المتردد بطريقة أو بأخرى.

Y también quería saber quién había sido el visitante.

وأراد أيضاً أن يعرف من كان الزائر.

Pero aquella noche la puerta no se abrió una tercera vez.

لكن في ذلك المساء لم يُفتح الباب للمرة الثالثة.

Y Gregorio esperaba en vano junto a la puerta.

وأمضي غريغور وقته ينتظر عند الباب عبثاً.

Más temprano ese día todos querían entrar a la habitación.

في وقت سابق من ذلك اليوم، أرادوا جميعًا الدخول إلى الغرفة.

Ahora que las puertas estaban desbloqueadas sería más fácil para ellos.

الآن وقد أصبحت الأبواب مفتوحة، سيكون الأمر أسهل بالنسبة لهم.

Pero ellos prefirieron quedarse al otro lado de la habitación.

لكنهم اختاروا البقاء على الجانب الآخر من الغرفة.

Gregor se dio cuenta de que las llaves ya no estaban en sus cerraduras.

لاحظ غريغور أن المفاتيح لم تعد في أقفالها.

Alguien debe haber movido las llaves a la cerradura exterior.

لا بد أن أحدهم قد نقل المفاتيح إلى القفل الخارجي.

Sólo tarde por la noche se apagó la luz de la sala de estar.

لم يتم إطفاء ضوء غرفة المعيشة إلا في وقت متأخر من الليل.

La familia debe haber permanecido despierta todo el tiempo.

لا بد أن العائلة ظلت مستيقظة طوال الوقت.

Y Gregor podía oírlos claramente alejándose de puntillas.

وكان بإمكان غريغور أن يسمعهم بوضوح وهم يبتعدون على أطراف أصابعهم.

Ahora nadie vendría a ver a Gregor hasta la mañana.

الآن لن يأتي أحد إلى غريغور حتى الصباح.

Así que tuvo mucho tiempo para sí mismo, para pensar sin interrupciones.

لذلك كان لديه وقت طويل لنفسه، ليفكر دون إزعاج.

¿Cuál sería la mejor manera de reorganizar su vida ahora?

ما هي أفضل طريقة لإعادة تنظيم حياته الآن؟

Pero las altas paredes de la habitación vacía lo asustaban.

لكن الجدران العالية للغرفة الفارغة أخافته.

No le quedó más remedio que tumbarse en el suelo.

لم يكن أمامه خيار سوى أن يستلقي على الأرض.

Y nunca encontró la causa de su miedo en ese espacio.

ولم يجد أبدًا سبب خوفه في ذلك المكان.

Era la misma habitación en la que había vivido durante cinco años.

كانت نفس الغرفة التي عاش فيها لمدة خمس سنوات.

Medio inconscientemente hizo un movimiento hacia el sofá.

قام بحركة نحو الأريكة بشكل شبه واعٍ.

Y sin ninguna vergüenza se escondió debajo del sofá.

وبدون أي خجل اختبأ تحت الأريكة.

Allí abajo se sintió inmediatamente de nuevo muy a gusto.

هناك في الأسفل شعر بالراحة التامة مرة أخرى على الفور.

A pesar de que tenía la espalda un poco presionada.

على الرغم من أن ظهره كان مضغوطاً قليلاً.

Ya no podía levantar la cabeza debajo del sofá.

لم يعد بإمكانه رفع رأسه تحت الأريكة أيضاً.

Pero incluso esto lo prefería a estar en cualquier espacio abierto.

لكن حتى هذا كان يفضله على التواجد في أي منطقة مفتوحة.

Sin embargo, lamentó que su cuerpo fuera tan ancho.

لكنه ندم على أن جسده كان عريضاً جداً.

El sofá no podía cubrir completamente todo su cuerpo.

لم تستطع الأريكة أن تغطي جسده بالكامل.

Se quedó debajo del sofá toda la noche.

بقي تحت الأريكة طوال الليل.

La noche la pasó medio dormido, perturbado por el hambre.

قضى الليلة نصف نائم، وقد أزعجه جوعه.

Y el tiempo que estaba despierto lo pasaba preocupado o esperanzado.

أما الوقت الذي كان يقضيه مستيقظاً فكان إما قلقاً أو متفائلاً.

Pero todas sus vagas esperanzas llevaron a la misma conclusión.

لكن كل آماله الغامضة أدت إلى نفس النتيجة.

No tuvo más remedio que permanecer en silencio por el momento.

لم يكن أمامه خيار سوى التزام الصمت في الوقت الراهن.

Tuvo que mostrar paciencia y consideración hacia la familia.

كان عليه أن يُظهر الصبر والمراعاة تجاه العائلة.

Era la única manera de hacer soportable el inconveniente.

كانت تلك هي الطريقة الوحيدة لجعل الإزعاج محتملاً.

Los inconvenientes que ahora estaba causando a la familia.

الإزعاج الذي كان يفرضه الآن على العائلة.

No tuvo que esperar mucho para demostrar su compasión.

لم يكن عليه أن ينتظر طويلاً ليثبت تعاطفه.

Temprano por la mañana la hermana miró dentro de su habitación.

في الصباح الباكر، نظرت الأخت إلى غرفته.

Aunque en realidad era tan de noche como de mañana.

مع أن الوقت كان ليلاً بقدر ما كان صباحاً.

Ella estaba completamente vestida y parecía mostrar entusiasmo.

كانت ترتدي ملابسها كاملة، وبدا عليها الحماس.

La fuerza de su nueva decisión podría ser puesta a prueba.

قد يتم اختبار مدى قوة قراره الجديد.

Ella no lo encontró inmediatamente con su primera mirada.

لم تجده على الفور بنظرتها الأولى.

Tenía que estar en algún lugar, no podía haber volado.

كان لا بد أن يكون في مكان ما؛ لم يكن بإمكانه أن يطير بعيدًا.

Pero entonces sus ojos hicieron un segundo recorrido por la habitación.

لكن بعد ذلك ألقت نظرة ثانية على الغرفة.

Y esta vez vio su torso debajo del sofá.

وفي هذه المرة رأت جذعه تحت الأريكة.

Estaba tan asustada que perdió todo el control de sí misma.

كانت خائفة للغاية لدرجة أنها فقدت السيطرة على نفسها تماماً.

Y su primera reacción fue cerrar la puerta de golpe.

وكان رد فعلها الأول هو إغلاق الباب بقوة مرة أخرى.

Pero también pareció arrepentirse inmediatamente de su comportamiento.

لكنها بدت أيضاً نادمة على سلوكها على الفور.

Tan pronto como cerró la puerta de golpe, la abrió de nuevo.

ما إن أغلقت الباب بقوة حتى فتحته مرة أخرى.

Y esta vez entró de puntillas en la habitación con cuidado.

وهذه المرة دخلت الغرفة على أطراف أصابعها برفق.

Se movía como si estuviera visitando a una persona gravemente enferma.

كانت تتحرك كما لو كانت تزور شخصًا مريضًا بشدة.

O tal vez estaba visitando a un completo desconocido.

أو ربما كانت تزور شخصاً غريباً تماماً.

Gregor empujó su cabeza casi hasta el borde del sofá.

دفع غريغور رأسه حتى كاد يلامس حافة الأريكة.

Y desde debajo de la caja fuerte la observaba en la habitación.

ومن تحت الخزنة راقبها في الغرفة.

¿Se daría cuenta de que había dejado la leche?

هل كانت ستلاحظ أنه ترك الحليب؟

No había dejado la leche por falta de hambre.

لم يترك الحليب بسبب نقص الجوع.

¿En lugar de eso le traería comida diferente?

هل كانت ستحضر له طعاماً مختلفاً بدلاً من ذلك؟

Quizás un plato que se ajustara mejor a sus preferencias.

ربما طبق يناسب ذوقه بشكل أفضل.

Pero ella misma habría tenido que notar su apetito.

لكن كان عليها أن تلاحظ شهيته بنفسها.

Preferiría morir de hambre antes que hacerle saber eso.

كان يفضل الموت جوعاً على أن يجعلها تدرك ذلك.

En realidad le habría gustado mucho decírselo.

في الحقيقة، كان يرغب بشدة في إخبارها.

Estuvo realmente tentado de disparar desde debajo del sofá.

كان يشعر برغبة شديدة في إطلاق النار من تحت الأريكة.

Quería arrojarse a los pies de su hermana.

أراد أن يلقي بنفسه عند قدمي أخته.

Y quiso pedirle algo bueno para comer.

وأراد أن يطلب منها شيئاً جيداً ليأكله.

Pero entonces la hermana miró hacia el cuenco de leche.

لكن بعد ذلك نظرت الأخت نحو وعاء الحليب.

Inmediatamente se dio cuenta de que el cuenco todavía estaba lleno.

لاحظت على الفور أن الوعاء لا يزال ممتلئاً.

Le sorprendió bastante que Gregor no hubiera comido nada.

لقد فوجئت إلى حد ما بأن غريغور لم يأكل شيئاً.

Sólo se había derramado un poco de leche en el suelo.

لم ينسكب على الأرض سوى القليل من الحليب.

Inmediatamente cogió el cuenco y lo sacó.

أمسكت بالوعاء على الفور، وحملته إلى الخارج.

Él vio que ella no recogió el cuenco con sus propias manos.

لاحظ أنها لم تلتقط الوعاء بيديها العاريتين.

En lugar de eso, recogió el cuenco con uno de los trapos.

بدلاً من ذلك، التقطت الوعاء باستخدام إحدى قطع القماش.

Pero Gregor se olvidó muy rápidamente de este pequeño detalle.

لكن غريغور سرعان ما نسي هذه التفاصيل البسيطة.

Ahora estaba mucho más entusiasmado por otra cosa.

أصبح الآن أكثر حماساً لشيء آخر.

¿Qué podría traer como reemplazo de la leche?

ما الذي قد تحضره كبديل للحليب؟

Tenía varios pensamientos sobre lo que ella podría traer.

كانت لديه أفكار مختلفة حول ما قد تحضره معها.

Pero la bondad de su hermana superó sus expectativas.

لكن لطف أخته، فاق توقعاته.

Se dio cuenta de que tenía que probar cuáles eran sus nuevos gustos.

أدركت أنها مضطرة لاختبار ما هي أذواقه الجديدة.

Así que trajo toda una selección de alimentos diferentes.

لذا أحضرت تشكيلة كاملة من الأطعمة المختلفة.

Verduras medio podridas, huesos de la cena.

خضراوات نصف متعفنة، وعظام من وجبة العشاء.

Salsa solidificada de la otra comida que habían comido.

صلصة متصلبة من الوجبة الأخرى التي تناولوها.

Unas pasas, unas almendras, pan seco, pan con mantequilla.

بعض الزبيب، وبعض اللوز، وخبز جاف، وخبز بالزبدة.

Un poco de pan untado con mantequilla y también con sal.

بعض الخبز الذي تم دهنه بالزبدة وتمليحه أيضاً.

Queso que Gregor había declarado incomestible hacía dos días.

الجبن الذي أعلن غريغور أنه غير صالح للأكل قبل يومين.

Toda esta selección de comida fue colocada en un periódico.

تم وضع كل هذه التشكيلة من الطعام على صحيفة.

Y también colocó un recipiente con agua al lado de sus comidas.

كما وضعت وعاءً من الماء بجانب وجباته.

Ella sabía que Gregor no habría comido delante de ella.

كانت تعلم أن غريغور لم يكن ليأكل أمامها.

Entonces, por respeto hacia él, salió nuevamente de la habitación.

لذا، احتراماً له، غادرت الغرفة مرة أخرى.

Y hasta giró la llave en la cerradura al salir.

بل إنها قامت بتدوير المفتاح في القفل وهي تغادر.

Pero ella giró la llave muy silenciosamente y con mucho cuidado.

لكنها أدارت المفتاح بهدوء وحذر شديدين.

De esta manera sólo Gregor sabría que la puerta estaba cerrada.

وبهذه الطريقة لن يعرف أحد سوى غريغور أن الباب مغلق.

Ahora podía ponerse tan cómodo como quisiera.

الآن بإمكانه أن يجعل نفسه مرتاحاً كما يشاء.

Las piernas de Gregor zumbaban cuando llegó la hora de comer.

كانت ساقا غريغور تتحركان بسرعة عندما حان وقت تناول الطعام.

Lo que vale la pena destacar es que ya no sentía ninguna molestia.

والجدير بالذكر أنه لم يعد يشعر بأي انزعاج.

Sus heridas deben haber sanado ya por completo.

لا بد أن جروحه قد شفيت تماماً بالفعل.

Porque ya no sentía sus discapacidades anteriores.

لأنه لم يعد يشعر بإعاقاته السابقة.

Su nueva capacidad de curar lo sorprendió y lo asombró.

أدهشته قدرته الجديدة على الشفاء وأثارت دهشته.

Hace más de un mes se cortó el dedo con un cuchillo.

قبل أكثر من شهر، جرح إصبعه بسكين.

Hasta hace dos días esa herida todavía le dolía.

وحتى قبل يومين، كان ذلك الجرح لا يزال يؤلمه.

"¿Soy mucho menos sensible ahora?" pensó para sí mismo.

"هل أصبحت أقل حساسية الآن؟" فكر في نفسه.

Para entonces ya estaba chupando con avidez el queso.

كان قد بدأ بالفعل في مص الجبن بشراهة.

Se sintió atraído por el queso más que por el resto de la comida.

كان ينجذب إلى الجبن أكثر من الطعام الآخر.

Comió rápidamente un trozo de queso tras otro.

أكل بسرعة قطعة جبن تلو الأخرى.

Sus ojos se llenaron de lágrimas de satisfacción al probarlo.

دمعت عيناه من شدة الرضا عند تذوقه.

Después del queso comió las verduras y la salsa.

بعد الجبن، تناول الخضار والصلصة.

Sin embargo, la comida fresca no le sabía bien.

لكن الطعام الطازج لم يكن مذاقه جيداً بالنسبة له.

De hecho, ni siquiera podía soportar el olor de la comida fresca.

في الحقيقة، لم يكن يطيق حتى رائحة الطعام الطازج.

Incluso arrastró el resto de la comida lejos de la comida fresca.

بل إنه سحب الطعام الآخر بعيدًا عن الطعام الطازج.

Y muy rápidamente terminó la comida más comestible.

وسرعان ما أنهى تناول الطعام الأكثر صلاحية.

Toda aquella deliciosa comida tuvo sobre él un efecto soporífero.

كان لكل الطعام اللذيذ تأثير منوم عليه.

Y él permaneció acostado perezosamente en el lugar donde había comido.

واستلقى بكسل في المكان الذي كان قد أكل فيه.

Finalmente su hermana regresó para ver cómo estaba nuevamente.

وفي النهاية عادت أخته لتطمئن عليه مرة أخرى.

Tuvo la previsión de girar la llave muy lentamente.

كان لديها بعد نظر كافٍ لتدير المفتاح ببطء شديد.

Esto le dio a Gregor una advertencia de que debía retirarse.

هذا الأمر شكّل تحذيراً لغريغور بضرورة الانسحاب.

Aturdido y sobresaltado, se apresuró a volver debajo del sofá.

مذهولاً ومرتبكاً، عاد مسرعاً إلى أسفل الأريكة.

Pero quedarse debajo del sofá no fue tan fácil esta vez.

لكن البقاء تحت الأريكة لم يكن سهلاً هذه المرة.

Su cuerpo se había vuelto un poco redondeado por tanta comida.

أصبح جسده مستديراً قليلاً بسبب كثرة الطعام.

Y tuvo que controlarse para no quedarse sin nada otra vez.

وكان عليه أن يضبط نفسه حتى لا ينفد منه السائل مرة أخرى.

Aunque la hermana no permaneció mucho tiempo en la habitación.

على الرغم من أن الأخت لم تمكث طويلاً في الغرفة.

Le costaba respirar en ese estrecho espacio.

كان يكافح من أجل التنفس تحت تلك المساحة الضيقة.

Pero él siguió adelante a pesar de los pequeños ataques de asfixia.

لكنه واصل الصمود رغم نوبات الاختناق البسيطة.

Con ojos desorbitados observaba las actividades de la hermana.

راقب تصرفات أخته بعيون جاحظة.

La hermana desprevenida vertió todo en un balde.

قامت الأخت غير المدركة للأمر بسكب كل شيء في دلو.

Ella no sólo se deshizo de la comida que Gregor no había comido.

لم تكتفِ بالتخلص من الطعام الذي لم يأكله غريغور.

Pero también se deshizo de la comida que él no había tocado.

لكنها كانت تتخلص أيضاً من الطعام الذي لم يلمسه.

Al parecer esa comida ya no era comestible para nadie.

يبدو أن ذلك الطعام لم يعد صالحاً للأكل لأي شخص.

Luego cerró el cubo de comida con una tapa de madera.

ثم أغلقت دلو الطعام بغطاء خشبي.

Y con la comida, el balde y el trapeador, se fue.

ثم غادرت ومعها الطعام والدلو والممسحة.

Gregor no habría podido esperar mucho más tiempo.

لم يكن بإمكان غريغور الانتظار لفترة أطول من ذلك.

Tan pronto como ella se fue, él se escapó de debajo del sofá.

ما إن غادرت حتى هرب من تحت الأريكة.

Y se estiró y resopló aliviado.

ثم تمدد وتنفس الصعداء بارتياح.

Así recibía Gregorio comida de vez en cuando.

هكذا كان غريغور يتلقى الطعام بين الحين والآخر من الآن فصاعدًا.

Su hermana le dio de comer una vez temprano en la mañana.

أعطته أخته الطعام مرة واحدة في الصباح الباكر.

A esta hora los padres y la criada todavía dormían.

في هذه الساعة كان الوالدان والخادمة لا يزالون نائمين.

Y recibió una segunda comida después de que todos almorzaron.

وتلقى وجبة ثانية بعد أن تناول الجميع الغداء.

Porque en ese momento los padres también durmieron un rato.

لأن الوالدين كانا ينامان لفترة من الوقت في ذلك الوقت أيضاً.

Y la doncella fue enviada por su hermana a hacer algún recado.

وأرسلت الأخت الخادمة في مهمة ما.

Ciertamente no tenían intención de dejar morir de hambre a Gregor.

بالتأكيد لم تكن لديهم أي نية لتجويع غريغور.

Pero tampoco hubieran querido verlo comer.

لكنهم لم يكونوا ليرغبوا في مشاهدته وهو يأكل أيضاً.

Lo que mencionó la hermana fue suficiente información.

ما ذكرته الأخت كان كافياً من المعلومات.

Quizás era su manera de ahorrarles dolor a los padres.

ربما كانت هذه طريقتها لتجنيب الوالدين الحزن.

Ya habían sufrido bastante por sus acciones.

لقد عانوا بما فيه الكفاية بالفعل من أفعاله.

El primer día se iba convirtiendo poco a poco en un recuerdo lejano.

بدأ اليوم الأول يتحول تدريجياً إلى ذكرى بعيدة.

Gregor no tenía forma de saber lo que pasó ese día.

لم يكن لدى غريغور أي وسيلة لمعرفة ما حدث في ذلك اليوم.

¿Cómo fue guiado el cerrajero fuera del apartamento?

كيف تم إخراج صانع الأقفال من الشقة؟

¿Con qué excusas quedó finalmente satisfecho el médico?

بأي أعذار اقتنع الطبيب في النهاية؟

No había encontrado ningún modo de hacerse entender.

لم يجد طريقة لجعل نفسه مفهوماً.

Ni siquiera logró comunicarse con su hermana.

لم يتمكن حتى من التواصل مع أخته.

Y entonces pensaron que no podía entenderlos.

ولذلك ظنوا أنه لا يستطيع فهمهم.

Y por eso no se hizo ningún esfuerzo para hablar con él.

ولذلك لم تُبذل أي محاولة للتحدث إليه.

Su hermana entraba en su habitación todas las mañanas y a la hora del almuerzo.

كانت أخته تدخل غرفته كل صباح ووقت الغداء.

Pero él tuvo que contentarse con escuchar sus suspiros.

لكن كان عليه أن يكتفي بسماع تنهداتها.

Más tarde se acostumbró un poco más a la forma de Gregor.

وفي وقت لاحق، اعتادت قليلاً على شكل غريغور.

Y se sintió un poco más libre para hacer más comentarios.

وشعرت بمزيد من الحرية للإدلاء بمزيد من التصريحات.

(Aunque nunca se acostumbraría del todo a él.)

)مع أنها لن تعتاد عليه تماماً أبداً(.

Y entonces Gregor se sintió nuevamente hablado un poco más.

ثم شعر غريغور بأنه قد تم التحدث إليه مرة أخرى.

Y captó lo que percibió como comentarios amistosos.

وسمع ما اعتبره تعليقات ودية.

"Disfrutó su comida hoy" o "comió todo".

"لقد استمتع بطعامه اليوم"، أو "لقد أكل كل شيء."

Pero eso fue sólo cuando hubo comido toda su comida.

لكن ذلك لم يحدث إلا بعد أن انتهى من تناول طعامه بالكامل.

Pero últimamente esto se está volviendo cada vez menos frecuente.

لكن هذا أصبح نادر الحدوث بشكل متزايد في الآونة الأخيرة.

"Apenas tocaba la comida", decía ella con más frecuencia ahora.

"بالكاد كان يلمس طعامه"، قالت ذلك في كثير من الأحيان الآن.

Y había un toque de tristeza en su voz cada vez.

وكان هناك مسحة من الحزن في صوتها في كل مرة.

Gregor no pudo escuchar ninguna otra noticia más directamente.

لم يستطع غريغور سماع أي أخبار أخرى بشكل مباشر.

Pero escuchó muchas noticias de las habitaciones contiguas.

لكنه سمع الكثير من الأخبار من الغرف المجاورة.

Al oír voces corrió hacia la puerta correspondiente.

عندما سمع أصواتاً، ركض إلى الباب المقابل.

Y apretó todo su cuerpo contra la puerta para escuchar.

وضغط بجسده كله على الباب ليسمع.

Todas las conversaciones le concernían de una manera u otra.

كانت جميع المحادثات تخصه بطريقة أو بأخرى.

Incluso cuando el tema parecía ser sobre otra cosa.

حتى عندما يبدو أن الموضوع يدور حول شيء آخر.

Esta observación fue especialmente cierta en los primeros tiempos.

وقد كانت هذه الملاحظة صحيحة بشكل خاص في الأيام الأولى.

Durante cada comida repetían la misma discusión.

كانوا يكررون نفس النقاش خلال كل وجبة.

Todavía no estaban seguros de cómo comportarse a su alrededor.

كانوا لا يزالون غير متأكدين من كيفية التصرف حوله.

Pero el mismo tema también se discutió entre comidas.

لكن الموضوع نفسه نوقش أيضاً بين الوجبات.

Porque siempre había dos miembros de la familia en casa.

لأن هناك دائماً فردين من العائلة في المنزل.

Nadie quería quedarse solo en la casa.

لم يرغب أحد في البقاء في المنزل بمفرده.

Pero dejar el piso vacío tampoco era una opción.

لكن ترك الشقة فارغة كان أمراً مستحيلاً أيضاً.

La criada era la única que no estaba atada al apartamento.

كانت الخادمة هي الوحيدة غير المرتبطة بالشقة.

Ella ya había pedido irse el primer día.

لقد طلبت المغادرة في اليوم الأول.

Ella se puso de rodillas y pidió que la despidieran.

ركعت على ركبتيها وتوسلت أن يتم صرفها.

La familia no sabía cuánto sabía realmente la criada.

لم تكن العائلة تعرف مدى معرفة الخادمة بالأمر.

En ese momento ella no había visto más que nadie.

في تلك المرحلة، لم تكن قد رأت أكثر من أي شخص آخر.

Lo sucedido todavía era un misterio para la familia.

ما حدث لا يزال لغزاً بالنسبة للعائلة.

Pero un cuarto de hora después se despidió.

لكن بعد ربع ساعة ودعتهم.

Y agradeció a la familia con lágrimas en los ojos.

وشكرت العائلة والدموع تملأ عينيها.

Pero en realidad les agradeció por haberla liberado.

لكنها في الحقيقة شكرتهم على إطلاق سراحها.

Parecían haberle mostrado la mayor bondad.

يبدو أنهم أظهروا لها أقصى درجات اللطف.

Incluso hizo un juramento sin que se lo pidieran.

بل إنها أقسمت يميناً دون أن يُطلب منها ذلك.

Dijo que no le contaría a nadie lo que había sucedido.

وقالت إنها لن تخبر أحداً بما حدث.

Ahora la hermana tenía que cocinar junto con su madre.

والآن، بات على الأخت أن تطبخ مع والدتها.

Pero esto realmente no era un gran inconveniente.

لكن هذا لم يكن مزعجاً للغاية.

Porque de todas formas los dos no comían casi nada.

لأنهما لم يأكلا شيئاً تقريباً على أي حال.

Gregor escuchó una y otra vez la misma conversación.

سمع غريغور نفس المحادثة مراراً وتكراراً.

Una persona le decía a otra que tenía que comer más.

كان أحد الأشخاص يقول للآخر إنه يجب أن يأكل أكثر.

Pero esa persona no recibió ninguna respuesta de la persona.

لكن ذلك الشخص لم يتلق أي رد من ذلك الشخص.

"Gracias, tengo suficiente", o algo similar.

"شكراً لك، لدي ما يكفي"، أو شيء مشابه.

Quizás ya no bebían nada tampoco.

ربما لم يعودوا يشربون أي شيء أيضاً.

La hermana a menudo le preguntaba a su padre si quería cerveza.

كثيراً ما كانت الأخت تسأل والدها عما إذا كان يريد بيرة.

Y ella misma se ofreció calurosamente a ir a buscar la cerveza.

وعرضت بحرارة أن تحضر البيرة بنفسها.

El padre siempre permanecía en silencio ante su petición.

كان الأب يلتزم الصمت دائماً بناءً على طلبها.

Así que la hermana tuvo que encontrar una manera de eliminar cualquier duda.

لذا كان على الأخت أن تجد طريقة لإزالة أي شك.

Y ella dijo que enviaría a la criada a buscar algo de cerveza.

وقالت إنها سترسل الخادمة لإحضار بعض البيرة.

Pero entonces el padre finalmente dijo un gran y rotundo "no".

لكن الأب قال في النهاية بصوت مدوٍّ: "لا."

Luego ya no se volvió a mencionar el tema de tomar una cerveza.

ثم لم يعد يتم التطرق إلى موضوع تناوله البيرة.

Ya había explicado anteriormente la situación financiera.

لقد شرح الوضع المالي من قبل.

De hecho, mencionó las finanzas el primer día.

في الواقع، لقد ذكر الأمور المالية في اليوم الأول.

Les hizo saber perfectamente cuáles eran las perspectivas.

لقد أوضح لهم جيداً ما هي الاحتمالات.

Su propio negocio se había derrumbado hacía unos cinco años.

انهار عمله الخاص قبل حوالي خمس سنوات.

De vez en cuando se levantaba para abandonar la mesa.

كان ينهض بين الحين والآخر ليغادر الطاولة.

Y se dirigió a la caja registradora de su antiguo negocio.

ثم ذهب إلى صندوق النقود في متجره القديم.

Había salvado la caja registradora por sentimentalismo.

لقد احتفظ بصندوق النقود بدافع العاطفة.

Gregor lo oyó abrir una cerradura pesada y complicada.

سمع غريغور صوته وهو يفتح قفلاً ثقيلاً ومعقداً.

Y sacó recibos y libros de la caja.

ثم أخرج الإيصالات والكتب من صندوق النقود.

Después de tomar los objetos volvió a cerrar la caja fuerte.

بعد أن أخذ الأشياء، أغلق صندوق النقود مرة أخرى.

Gregor no había tenido buenas noticias desde su encarcelamiento.

لم يسمع غريغور أي أخبار سارة منذ سجنه.

Pensó que el negocio había llevado a la quiebra a su padre.

كان يعتقد أن العمل قد أفلس والده.

El padre seguramente le había dado esa impresión a Gregor.

لقد أعطى الأب غريغور هذا الانطباع بالتأكيد.

Y Gregor nunca le preguntó más sobre las finanzas.

ولم يسأله غريغور بعد ذلك عن الأمور المالية.

Gregor quería hacer todo lo posible para ayudar a la familia.

أراد غريغور أن يفعل كل ما في وسعه لمساعدة العائلة.

Quería ayudarlos a olvidar la desgracia empresarial.

أراد مساعدتهم على نسيان المصيبة التي ألمّت بهم في العمل.

La quiebra que provocó la desesperanza más completa.

الإفلاس الذي أدى إلى اليأس التام.

Así que empezó a trabajar con una pasión muy especial.

لذلك بدأ العمل بشغف خاص للغاية.

Se había convertido en un vendedor ambulante casi de la noche a la mañana.

لقد أصبح بائعاً متجولاً بين عشية وضحاها تقريباً.

Antes de eso, sólo había trabajado como empleado con un salario bajo.

قبل ذلك، كان يعمل ككاتب بأجر زهيد.

Ahora tenía oportunidades de ingresos completamente diferentes.

الآن لديه فرص ربح مختلفة تماماً.

Las ventas exitosas podrían convertirse inmediatamente en efectivo.

يمكن تحويل المبيعات الناجحة إلى نقد على الفور.

El dinero en efectivo, por supuesto, se paga con sus comisiones.

وبالطبع، يتم دفع الأموال من عمولاته.

Ahora Gregor podía poner dinero en la mesa familiar.

أصبح غريغور الآن قادراً على توفير المال لعائلته.

Y estaban asombrados y contentos con sus ganancias.

وقد اندهشوا وسعدوا بما حققه من أرباح.

Pero esos tiempos hermosos no se repetirán nuevamente.

لكن تلك الأوقات الجميلة لن تتكرر مرة أخرى.

Apenas se habían acostumbrado a esos buenos tiempos.

لقد اعتادوا للتو على هذه الأوقات الجميلة.

Cada día de pago la familia aceptaba el dinero con gratitud.

في كل يوم صرف رواتب، كانت العائلة تقبل المال بامتنان.

Y Gregor estaba igualmente feliz de entregar el dinero.

وكان غريغور سعيداً بنفس القدر بتسليم المال.

Pero el cálido afecto que recibía a cambio fue muriendo lentamente.

لكنّ المودة الدافئة التي قُدّمت في المقابل تلاشت تدريجياً.

Sólo su hermana permaneció tan cerca de Gregor como antes.

لم يبقَ من غريغور سوى أخته التي بقيت قريبة منه كما كانت من قبل.

Ella, a diferencia de Gregor, tenía un profundo aprecio por la música.

على عكس غريغور، كانت لديها تقدير عميق للموسيقى.

Y ella sabía tocar el violín de una manera muy conmovedora.

وكانت تعرف كيف تعزف على الكمان بطريقة مؤثرة للغاية.

Gregor planeó en secreto enviarla a la escuela de música.

كان غريغور يخطط سراً لإرسالها إلى مدرسة الموسيقى.

Aún no había decidido cómo pagaría los gastos.

لم يكن قد قرر بعد كيف سيدفع النفقات.

Pero de una forma u otra cubriría los costos.

لكنه سيغطي التكاليف بطريقة أو بأخرى.

De vez en cuando Gregor y su familia hacían pequeños viajes.

كان غريغور وعائلته يذهبون أحياناً في رحلات قصيرة.

Gregor y su hermana abordaron este tema con frecuencia.

كثيراً ما كان غريغور وأخته يثيران هذا الموضوع.

Pero sólo se mencionó como una idea maravillosa.

لكن لم يتم ذكرها إلا كفكرة رائعة.

Realmente no creían que el sueño pudiera realizarse.

لم يكونوا يؤمنون حقاً بإمكانية تحقيق الحلم.

Y a los padres no les gustaban esas ambiciones fantasiosas.

ولم يعجب الآباء بهذه الطموحات الخيالية.

Incluso cuando el tema se planteó de manera muy inocente.

حتى عندما يتم طرح الموضوع ببراءة تامة.

Pero Gregor seguía pensando en la escuela de música.

لكن غريغور استمر في التفكير في مدرسة الموسيقى.

Y tenía pensado anunciar el regalo en Nochebuena.

وكان يخطط للإعلان عن الهدية عشية عيد الميلاد.

Por supuesto, en su estado actual sería imposible.

بالطبع، في حالته الحالية سيكون ذلك مستحيلاً.

Pero ese tipo de pensamientos pasaban por su cabeza.

لكن مثل هذه الأفكار كانت تدور في رأسه.

Y tenía estos pensamientos mientras escuchaba a la familia.

وخطر بباله مثل هذه الأفكار وهو يستمع إلى العائلة.

A veces se cansaba demasiado para seguir escuchándolos.

في بعض الأحيان كان يشعر بالتعب الشديد لدرجة أنه لم يعد قادراً على الاستمرار في الاستماع إليهم.

Su cabeza cayó contra la puerta por el cansancio.

سقط رأسه على الباب من شدة التعب.

Pero inmediatamente volvió a apoyar la cabeza contra la puerta.

لكنه سرعان ما وضع رأسه على الباب مرة أخرى.

Porque incluso el ruido más leve se podía oír afuera.

لأنه حتى أدنى صوت يمكن سماعه في الخارج.

Y cualquier ruido que hacía hacía que la familia se quedara en silencio.

وأي ضجيج يصدره كان يجعل العائلة تصمت.

"¿Qué está haciendo ahora?" preguntó el padre a la familia.

سأل الأب العائلة: "ماذا يفعل الآن؟"

Y fue a la puerta para comprobar qué era aquel ruido.

وذهب إلى الباب ليتحقق من مصدر الضوضاء.

Y luego la conversación interrumpida se reanudó gradualmente.

ثم استؤنفت المحادثة المتقطعة تدريجياً.

Pero lo que dijo el padre sorprendió positivamente a todos.

لكن ما قاله الأب فاجأ الجميع إيجاباً.

Gregor ahora conoció la verdadera situación de las finanzas.

علم غريغور الآن بالوضع المالي الحقيقي.

A pesar de todas las desgracias, hubo algo de buena suerte.

على الرغم من كل المصائب، كان هناك بعض الحظ الجيد.

Aún quedaba allí una muy pequeña fortuna de los viejos tiempos.

لا تزال هناك ثروة صغيرة جداً من الأيام الخوالي.

El padre explicó las cosas, pero tuvo que repetirlas.

شرح الأب الأمور، لكنه اضطر إلى تكرار كلامه.

Porque hacía tiempo que no se ocupaba de estas cosas.

لأنه لم يتعامل مع هذه الأمور لفترة من الوقت.

Y porque la madre no entendía tales cosas.

ولأن الأم لم تكن تفهم مثل هذه الأمور.

Los tipos de interés del banco habían subido un poco.

ارتفعت أسعار الفائدة من البنك قليلاً.

El dinero intacto había aumentado más de lo esperado.

زادت الأموال غير المستخدمة بأكثر مما كان متوقعاً.

Además Gregor siempre les había dado sus ahorros.

بالإضافة إلى ذلك، كان غريغور دائماً يعطيهم مدخراته.

Sólo había conservado unos pocos florines para sí.

لم يحتفظ لنفسه إلا ببضعة غيلدرات فقط.

Y su dinero aún no se había agotado por completo.

ولم تكن أمواله قد استُنفدت بالكامل أيضاً.

**En conjunto, este dinero se había acumulado hasta formar
un pequeño capital.**

تراكمت هذه الأموال مجتمعة لتشكل رأس مال صغير.

**Gregor, detrás de su puerta, asintió con entusiasmo ante la
noticia.**

أومأ غريغور، من خلف بابه، برأسه بحماس عند سماعه الخبر.

Le agradó esta inesperada cautela y frugalidad.

لقد سرّ بهذا الحذر والاقتصاد غير المتوقعين.

**Los fondos sobrantes podrían haberse utilizado para pagar
la deuda.**

كان من الممكن استخدام الأموال الفائضة لسداد الدين.

Entonces ya no le deberían nada al patrón.

عندها لن يكونوا مدينين للمدير بأي شيء بعد الآن.

Y Gregor podría haber cambiado de trabajo mucho antes.

وكان بإمكان غريغور الانتقال إلى وظيفة جديدة في وقت أقرب بكثير.

Pero ahora la manera como el padre lo dispuso estaba mucho mejor.

لكن الطريقة التي رتب بها الأب الأمر كانت أفضل بكثير الآن.

El dinero no era suficiente para vivir de los intereses.

لم يكن المال كافياً للعيش من الفائدة.

Y había que reservar algo de dinero para emergencias.

وكان لا بد من تخصيص بعض المال لحالات الطوارئ.

Sólo habría sido suficiente dinero para uno o dos años.

كان هذا المبلغ يكفي لمدة عام أو عامين فقط.

Esto significaba que alguien tenía que ganar dinero para que pudieran vivir.

هذا يعني أن على شخص ما أن يكسب المال لكي يعيشوا.

El padre no estaba enfermo y era bastante fuerte.

لم يكن الأب مريضاً، وكان قوياً بما يكفي.

Pero llevaba más de cinco años sin trabajo.

لكنه كان عاطلاً عن العمل لأكثر من خمس سنوات.

Y, debido a su edad, le quedaba poca confianza en sí mismo.

وبسبب تقدمه في السن، لم يتبق لديه سوى القليل من الثقة بالنفس.

También había engordado mucho en los últimos tiempos.

كما أنه اكتسب الكثير من الوزن في الآونة الأخيرة.

Su vida siempre había sido ardua y sin éxito.

كانت حياته دائماً شاقة وغير ناجحة.

Y éstas habían sido las primeras vacaciones que había tenido.

وكانت هذه أول عطلة يقضيها على الإطلاق.

Y sin estar ocupado se había vuelto bastante torpe.

وبدون أن يكون مشغولاً، أصبح أخرقاً للغاية.

¿Sería mejor si la anciana madre ganara el dinero?

هل سيكون من الأفضل لو أن الأم العجوز هي من كسبت المال؟

La anciana madre que sufría de asma.

الأم العجوز التي كانت تعاني من الربو.

La anciana madre que luchaba por subir las escaleras.

الأم العجوز التي كافحت لصعود الدرج.

La anciana madre que pasaba el tiempo tumbada en el sofá.

الأم العجوز التي كانت تقضي وقتها مستلقية على الأريكة.

La anciana madre que prefería quedarse junto a la ventana.

الأم العجوز التي كانت تفضل البقاء بجوار النافذة.

Para poder recuperar el aliento cuando lo necesitara.

حتى تتمكن من التقاط أنفاسها عندما تحتاج إلى ذلك.

¿Sería mejor si la hermana joven ganara el dinero?

هل سيكون من الأفضل لو أن الأخت الصغرى هي من كسبت المال؟

La hermana, que a sus diecisiete años era todavía apenas una niña.

الأخت، التي كانت في السابعة عشرة من عمرها، لا تزال مجرد طفلة.

La hermana que sólo tuvo unos pocos placeres modestos.

الأخت التي لم يكن لديها سوى القليل من المتع المتواضعة.

La hermana a quien le gustaba principalmente tocar el violín.

الأخت التي كانت تستمتع بالعزف على الكمان بشكل أساسي.

Ella sabía que su anterior forma de vida era muy envidiable;

كانت تعلم أن أسلوب حياتها السابق كان مثار حسد كبير؛

Vestirse bien, levantarse tarde, ayudar en la casa.

ارتداء ملابس أنيقة، والاستيقاظ متأخراً، والمساعدة في أعمال المنزل.

La conversación a menudo giraba en torno a la necesidad de ganar dinero.

غالباً ما كان الحديث يتحول إلى الحاجة لكسب المال.

Gregor siempre era el primero en soltar la puerta.

كان غريغور دائماً أول من يترك الباب.

La conversación lo puso caliente de vergüenza y dolor.

أثارت المحادثة فيه مشاعر الخجل والحزن.

Entonces se dejó caer en el refrescante sofá de cuero.

فألقى بنفسه على الأريكة الجلدية الباردة.

Y a menudo pasaba el resto de la noche en el sofá.

وغالباً ما كان يقضي بقية الليل على الأريكة.

Nunca durmió realmente en el sofá, ni tampoco por la noche.

لم يكن ينام على الأريكة أبداً، ولا حتى في الليل،

A menudo, simplemente se quedaba rascando el cuero
durante horas y horas.

في كثير من الأحيان كان يخدش الجلد لساعات متواصلة.

Otras veces empujaba el sillón hacia la ventana.

وفي أحيان أخرى كان يدفع الكرسي بذراعين نحو النافذة.

Esto solo requirió un gran esfuerzo de su parte.

هذا وحده تطلب منه بذل جهد كبير.

El sillón le ayudó a subirse al alféizar de la ventana.

ساعده الكرسي ذو الذراعين على الزحف إلى حافة النافذة.

Y desde allí pudo apoyarse en la ventana.

ومن هناك تمكن من الاستناد إلى النافذة.

Solía sentir una gran sensación de libertad al hacer esto.

كان يشعر بإحساس كبير بالحرية وهو يفعل ذلك.

Quizás estaba buscando algún viejo sentimiento liberador.

ربما كان يبحث عن شعور قديم بالتحرر.

Pero su visión no era tan nítida como solía ser.

لكن بصره لم يعد حاداً كما كان في السابق.

Las cosas a cierta distancia se veían borrosas e indistintas.

كانت الأشياء البعيدة قليلاً ضبابية وغير واضحة.

Ya no podía ver el hospital al otro lado de la calle.

لم يعد بإمكانه رؤية المستشفى على الجانب الآخر من الطريق.

Antes había maldecido la vista, ahora quería verla.

قبل أن يلعن المنظر، أصبح الآن يريد رؤيته.

Sabía que vivía en la tranquila y urbana Charlottenstrasse.

كان يعلم أنه يعيش في شارع شارلوتنستراس الهادئ والحضري.

Pero podría haber pensado que estaba mirando el desierto.

لكن ربما ظن أنه ينظر إلى صحراء.

Un páramo donde el cielo gris y la tierra gris se fusionaban.

أرض قاحلة حيث امتزجت السماء الرمادية بالأرض الرمادية.

La atenta hermana notó dos veces que la silla se había movido.

لاحظت الأخت المنتبهة مرتين أن الكرسي قد تحرك.

Después de ordenar, empujó la silla hacia la ventana.

بعد الانتهاء من الترتيب، دفعت الكرسي إلى النافذة.

Y a partir de ahora incluso dejó la ventana abierta.

ومنذ ذلك الحين، أصبحت تترك حتى إطار النافذة مفتوحاً.

Gregor realmente hubiera deseado poder hablar con su hermana.

تمنى غريغور حقاً لو كان بإمكانه التحدث إلى أخته.

Quería agradecerle por todo lo que hizo por él.

أراد أن يشكرها على كل ما فعلته من أجله.

Entonces habría tolerado más fácilmente sus servicios.

عندها كان سيتقبل خدماتهم بسهولة أكبر.

Pero tal como estaban las cosas, él sufrió por su ayuda.

لكن كما كانت الأمور، فقد عانى من مساعدتها له.

La hermana, por supuesto, intentó disimular la vergüenza.

حاولت الأخت، بطبيعة الحال، التستر على الموقف المحرج.

Y ella hizo todo lo posible para fingir que no se sentía agobiada.

وبذلت قصارى جهدها لتتظاهر بأنها لا تشعر بالعبء.

Por supuesto, esto es algo que tenía que practicar primero.

بالطبع كان هذا شيئاً كان عليها أن تتدرب عليه أولاً.

Y cuanto más tiempo pasaba, mejor lo hacía.

وكلما مر الوقت، كلما أصبحت أفضل في ذلك.

Pero a Gregor también se le dio más tiempo para ver su pretensión.

لكن غريغور مُنح أيضاً المزيد من الوقت ليرى تظاهرها.

Incluso su entrada a su habitación fue una prueba para él.

حتى دخولها إلى غرفته كان بمثابة محنة بالنسبة له.

Tan pronto como entró, corrió directamente a la ventana.

بمجرد دخولها، ركضت مباشرة إلى النافذة.

Ni siquiera se tomó el tiempo de cerrar la puerta.

لم تكلف نفسها عناء إغلاق الباب.

Normalmente ella evitaba que todos vieran la habitación de Gregor.

عادةً ما كانت تتجنب أن يرى أحد غرفة غريغور.

Y abrió la ventana de golpe con manos apresuradas.

وفتحت النافذة بسرعة ويديها على عجل.

Luego volvió a respirar como si se estuviera asfixiando.

ثم تنفست مرة أخرى كما لو كانت تختنق.

El aire que entraba era frío y ella respiraba profundamente.

كان الهواء الداخل بارداً، فتنفست بعمق.

Pero aún así se quedó junto a la ventana por un rato.

لكنها مع ذلك بقيت بجانب النافذة لبعض الوقت.

Con esta rutina asustaba a Gregor dos veces al día.

كانت تُخيف غريغور مرتين في اليوم بهذا الروتين.

Mientras ella estaba en la habitación él temblaba debajo del sofá.

بينما كانت هي في الغرفة، كان يرتجف تحت الأريكة.

Él sabía que a ella le habría gustado ahorrarle esa terrible experiencia.

كان يعلم أنها كانت ترغب في تجنيبه هذه المحنة.

Pero ella no podía estar en la habitación con la ventana cerrada.

لكنها لم تستطع البقاء في الغرفة والنافذة مغلقة.

Hubo una ocasión en que ella llegó un poco antes.

في إحدى المرات، حضرت مبكراً قليلاً.

Probablemente alrededor de un mes después de la transformación de Gregor.

ربما بعد حوالي شهر من تحول غريغور.

Ella se había acostumbrado un poco a su nueva apariencia.

لقد اعتادت إلى حد ما على مظهره الجديد.

Así que ya no tenía por qué estar particularmente sorprendida.

لذلك لم يعد لديها سبب للشعور بالصدمة بشكل خاص.

Ella lo encontró todavía mirando por la ventana, inmóvil.

وجدته لا يزال يحدق من النافذة، بلا حراك.

Estaba en el lugar más horrible en el que podría haber estado.

كان في أسوأ مكان يمكن أن يكون فيه.

No le habría sorprendido si ella no hubiera entrado.

لم يكن ليتفاجأ لو لم تدخل.

Donde le impidió abrir la ventana.

حيث كان يمنعها من فتح النافذة.

Ella salió rápidamente de la habitación y cerró la puerta.

غادرت الغرفة بسرعة مرة أخرى، وأغلقت الباب.

Un extraño podría haber llegado a todo tipo de conclusiones.

كان بإمكان شخص غريب أن يتوصل إلى جميع أنواع الاستنتاجات.

Quizás sólo estaba esperando la oportunidad de morderla.

ربما كان ينتظر الفرصة المناسبة ليعضها.

Gregor, por supuesto, se escondió inmediatamente debajo del sofá.

وبالطبع، اختبأ غريغور على الفور تحت الأريكة.

Pero tuvo que esperar hasta el mediodía para que su hermana regresara.

لكن كان عليه أن ينتظر حتى الظهر لعودة أخته.

Y ella parecía mucho más inquieta que de costumbre.

وبدت أكثر قلقاً واضطراباً من المعتاد.

Se dio cuenta de que verlo todavía era insoportable.

أدرك أن رؤيته لا تزال لا تطاق.

Verlo seguiría siendo insoportable para ella.

كان منظره سيظل لا يُطاق بالنسبة لها.

Probablemente no podría soportar ver ninguna parte de él.

ربما لم تكن لتطيق رؤية أي جزء منه.

Siempre sobresalía una pequeña parte de debajo del sofá.

كان جزء صغير يبرز دائماً من تحت الأريكة.

Un día llevó una sábana sobre su espalda hasta el sofá.

في أحد الأيام حمل ملاءة سرير على ظهره إلى الأريكة.

Quería evitar que ella viera cualquier parte de él.

أراد أن يجنّبها رؤية أي جزء منه.

Él dispuso la sábana de tal manera que todo él quedara
oculto.

قام بترتيب ملاءة السرير بحيث اختفى جسده بالكامل.

Incluso si se agachara no podría verlo.

حتى لو انحنت فلن تتمكن من رؤيته.

Todo el esfuerzo le llevó a Gregor más de tres horas.

استغرقت الجهود بأكملها من غريغور أكثر من ثلاث ساعات.

Quizás pensó que la sábana era innecesaria.

ربما اعتقدت أن ملاءة السرير غير ضرورية.

Ella habría sabido que él no quería la sábana.

كانت ستعرف أنه لا يريد ملاءة السرير.

Lo hacía para su comodidad, no para la suya propia.

كان يفعل ذلك من أجل راحتها، وليس من أجل نفسه.

Y podría haber quitado la sábana si hubiera querido.

وكان بإمكانها إزالة ملاءة السرير لو أرادت.

Pero dejó la sábana donde Gregor la había puesto.

لكنها تركت ملاءة السرير حيث وضعها غريغور.

Y Gregor incluso creyó haber captado una mirada de
agradecimiento.

بل إن غريغور ظن أنه قد لمح نظرة امتنان.

Había levantado suavemente la sábana con la cabeza.

رفع ملاءة السرير برفق برأسه.

Quería ver si a su hermana le gustaba el arreglo.

أراد أن يرى ما إذا كانت أخته ستعجبها الترتيبات.

Las dos primeras semanas fueron las más difíciles para los padres.

كان الأسبوعان الأولان هما الأصعب بالنسبة للوالدين.

No pudieron animarse a entrar y verlo.

لم يستطيعوا أن يجبروا أنفسهم على الدخول ورؤيته.

Escuchó muchas de sus conversaciones en ese momento.

لقد سمع العديد من محادثاتهم في ذلك الوقت.

Reconocieron plenamente todo lo que hacía la hermana.

أقروا تماماً بكل ما كانت تفعله الأخت.

Aunque solían estar molestos con ella a menudo.

على الرغم من أنهم كانوا ينزعجون منها في كثير من الأحيان.

Porque ella parecía ser una chica un tanto inútil.

لأنها بدت فتاة عديمة الفائدة إلى حد ما.

Ahora eran ellos quienes esperaban al otro lado de la habitación.

والآن أصبحوا هم من ينتظرون على الجانب الآخر من الغرفة.

Y fue ella quien entró en la habitación a hacer todo.

وكانت هي من تدخل الغرفة لتفعل كل شيء.

Tan pronto como salió quisieron saberlo todo.

بمجرد خروجها أرادوا معرفة كل شيء.

Tenía que decirles exactamente cómo era la habitación.

كان عليها أن تخبرهم بالضبط كيف تبدو الغرفة.

¿Qué comió Gregor? ¿Cómo se comportó esta vez?

"ماذا أكل غريغور؟ وكيف كان سلوكه هذه المرة؟"

"¿Quizás se notó una ligera mejoría?"

"هل كان هناك تحسن طفيف يمكن ملاحظته؟"

La madre, por cierto, fue en realidad más valiente.

كانت الأم، بالمناسبة، أكثر شجاعة في الواقع.

Y por supuesto, era su propio hijo el que estaba dentro de la habitación.

وبالطبع كان ابنها هو الموجود داخل الغرفة.

En realidad quería visitar a Gregor relativamente pronto.

كانت ترغب بالفعل في زيارة غريغور في وقت قريب نسبياً.

Pero al principio el padre y la hermana la frenaron.

لكن الأب والأخت منعاها في البداية.

Le dieron argumentos muy racionales para que no fuera.

لقد قدموا حججاً منطقية للغاية لعدم ذهابها.

Gregor escuchó con mucha atención sus razonamientos.

استمع غريغور بانتباه شديد إلى منطقهم.

Y él aceptó el razonamiento tanto como su madre.

وقد تقبّل هو المنطق بقدر ما تقبّلت والدته.

Pero más tarde hubo que retenerla por la fuerza.

لكن في وقت لاحق، اضطروا إلى منعها بالقوة.

"¡Déjame entrar con Gregor, es mi desdichado hijo!"

"دعني أدخل إلى غريغور، إنه ابني التعيس"!

-¿No entiendes que tengo que ir a verlo?

"ألا تفهم أنه يجب عليّ الذهاب لرؤيته؟"

Gregor también se dejó convencer por los argumentos de su madre.

اقتنع غريغور أيضاً بحجج والدته.

Quizás tenía razón: sería bueno que entrara.

ربما كانت محقة؛ سيكون من الجيد لو دخلت.

Venir a verlo todos los días sería demasiado.

إن رؤيته كل يوم ستكون أمراً مبالغاً فيه للغاية.

Pero verlo una vez a la semana podría ser suficiente.

لكن رؤيته مرة واحدة في الأسبوع قد تكون كافية.

Ella podría entender las cosas mucho mejor que la hermana.

ربما تفهم الأمور بشكل أفضل بكثير من أختها.

A pesar de todo su coraje, ella todavía era sólo una niña.

على الرغم من كل شجاعتها، إلا أنها كانت لا تزال مجرد طفلة.

Quizás la imprudencia infantil la impulsó a aceptar esa tarea.

ربما دفعتها تهورات طفولية إلى قبول المهمة.

Pero el deseo de Gregor de ver a su madre pronto se hizo realidad.

لكن سرعان ما تحققت أمنية غريغور برؤية والدته.

Durante el día Gregor se mantenía alejado de la ventana.

خلال النهار، كان غريغور يبتعد عن النافذة.

Lo hizo por consideración a sus padres.

فعل ذلك مراعاةً لوالديه.

No tenía mucho espacio para arrastrarse por el suelo.

لم يكن لديه مساحة كبيرة للزحف على الأرض.

Le resultaba difícil permanecer quieto durante la noche.

وجد صعوبة في البقاء ساكناً أثناء الليل.

Comer ya no le producía el más mínimo placer.

لم يعد تناول الطعام يمنحه أدنى متعة.

Por supuesto que tenía que encontrar alguna manera de distraerse.

بالطبع كان عليه أن يجد طريقة ما لتشتيت انتباهه.

Para entretenerse se arrastraba por las paredes.

ولتسلية نفسه، كان يزحف صعوداً وهبوطاً على الجدران.

Y también se arrastró por el techo, boca abajo.

كما زحف على طول السقف، رأساً على عقب.

Estaba especialmente feliz cuando colgaba del techo.

كان يشعر بسعادة بالغة عندما كان معلقاً من السقف.

Fue completamente diferente a estar tendido en el suelo.

كان الأمر مختلفاً تماماً عن الاستلقاء على الأرض.

Le resultó mucho más fácil respirar en esta posición.

وجد أنه من الأسهل بكثير التنفس في هذا الوضع.

Una ligera pero agradable vibración recorrió su cuerpo.

شعر باهتزاز طفيف ولكنه لطيف يسري في جسده.

A veces incluso se relajaba demasiado en su felicidad.

في بعض الأحيان كان يسترخي أكثر من اللازم في سعادته.

A veces se distraía y se soltaba del techo.

كان يتشتت انتباهه أحياناً، ويترك السقف.

Y para su propia sorpresa, aterrizó de nuevo en el suelo.

ولدهشته، هبط على الأرض مرة أخرى.

Pero tenía mucho mejor control de su cuerpo que antes.

لكنه كان يتمتع بتحكم أفضل بكثير في جسده مما كان عليه من قبل.

Para que ahora no se haga daño con caídas tan fuertes.

لذا فهو لم يعد يُصاب بأذى من السقطات الكبيرة هذه الأيام.

La hermana notó inmediatamente el nuevo placer de Gregor.

لاحظت الأخت على الفور متعة غريغور الجديدة.

Y había restos de adhesivo donde se había arrastrado.

وكانت هناك آثار لمادة لاصقة في الأماكن التي زحف إليها.

Aquí nuevamente la hermana pensó en el bienestar de
Gregor.

وهنا فكرت الأخت مرة أخرى في صحة غريغور.

Quizás apreciaría más espacio para gatear.

ربما سيقدر وجود مساحة أكبر للزحف والتحرك بحرية.

Y la idea se instaló firmemente en su cabeza.

وترسخت الفكرة بقوة في ذهنها.

Algunos de los muebles de gran tamaño impedían su libre
movimiento.

بعض قطع الأثاث الكبيرة كانت تعيق حركته الحرة.

Ya no trabajaba así que no necesitaba el escritorio.

لم يعد يعمل، لذلك لم يعد بحاجة إلى المكتب.

Y la caja ocupaba más espacio del necesario. ***

كما أن الصندوق شغل مساحة أكبر من اللازم***.

La hermana no era capaz de mover estas cosas sola.

لم تستطع الأخت نقل هذه الأشياء بمفردها.

Por supuesto que no se atrevió a pedirle ayuda al padre.

وبالطبع لم تجرؤ على طلب المساعدة من والدها.

La criada seguramente tampoco la habría ayudado.

بالتأكيد لم تكن الخادمة لتساعدها أيضاً.

La nueva criada era de hecho un año más joven que ella.

كانت الخادمة الجديدة في الواقع أصغر منها بسنة.

Ella había asumido valientemente el papel de ex sirvienta.

لقد تقمصت بشجاعة أدوار الخادمة السابقة.

Pero había un privilegio que ella insistía en tener.

لكن كان هناك امتياز واحد أصرت على الحصول عليه.

Ella quería mantener la cocina cerrada en todo momento.

أرادت أن تُبقي المطبخ مغلقاً طوال الوقت.

Así que la hermana no tuvo más remedio que preguntarle a
su madre.

لذا لم يكن أمام الأخت خيار سوى أن تسأل والدتها.

Con gritos de emocionada alegría la madre acudió a ayudar.

وبصيحات الفرحة العارمة، جاءت الأم للمساعدة.

Pero ella se quedó en silencio en la puerta de la habitación
de Gregor.

لكنها صمتت عند باب غرفة غريغور.

La hermana comprobó que todo en la habitación estuviera
bien.

تحققت الأخت من أن كل شيء في الغرفة على ما يرام.

Gregor había tirado apresuradamente la sábana aún más
fuerte.

قام غريغور على عجل بشد ملاءة السرير بإحكام أكبر.

Aunque la sábana todavía parecía colocada al azar.

على الرغم من أن ملاءة السرير لا تزال تبدو مرتبة بشكل عشوائي.

Y sólo entonces dejó que su madre entrara en la habitación.

وعندها فقط سمحت لأمها بدخول الغرفة.

Gregor también se abstuvo de espiar desde debajo de la sábana.

كما امتنع غريغور عن التجسس من تحت الغطاء.

Decidió no volver a ver a su madre esta vez.

قرر التخلي عن رؤية والدته هذه المرة.

Gregor estaba muy contento de que ella hubiera entrado.

كان غريغور سعيداً بما يكفي لأنها دخلت على الإطلاق.

"Pasa, no puedes verlo", dijo la hermana.

قالت الأخت: "ادخلي، لا يمكنكِ رؤيته."

Gregor supuso que ella llevaba a su madre de la mano.

افترض غريغور أنها كانت تقود والدتها من يدها.

Entonces escuchó a las dos mujeres débiles moviendo los muebles.

ثم سمع المرأتين الضعيفتين وهما تنقلان الأثاث.

La hermana parecía reclamar la mayor parte del trabajo para ella misma.

بدت الأخت وكأنها تستحوذ على معظم العمل لنفسها.

Su madre temía que se esforzara demasiado.

كانت والدتها تخشى أن تجهد نفسها أكثر من اللازم.

Pero la hermana no hizo caso a estas advertencias.

لكن الأخت لم تُعر أي اهتمام لهذه التحذيرات.

Pero incluso después de quince minutos el progreso era muy lento.

لكن حتى بعد مرور خمس عشرة دقيقة، كان التقدم بطيئاً للغاية.

No habían conseguido mover los muebles muy lejos.

لم يتمكنوا من نقل الأثاث لمسافة بعيدة.

Poco a poco empezaron a sentir una sensación de derrota.

بدأوا يشعرون تدريجياً بشعور الهزيمة.

La madre fue la primera en admitir la inutilidad.

كانت الأم أول من اعترف بعبثية الأمر.

"Quizás sería mejor dejar la caja aquí."

"ربما من الأفضل ترك الصندوق هنا".

"La caja es demasiado pesada para que podamos moverla mucho más lejos".

"الصندوق ثقيل جدًا بحيث لا يمكننا تحريكه لمسافة أبعد من ذلك".

"Y no terminaremos antes de que llegue tu padre."

"ولن ننتهي قبل وصول والدك".

Dejar la caja aquí le bloquearía aún más el camino.

"إن ترك الصندوق هنا سيعيق طريقه أكثر".

"¿Y podemos estar seguros de que le estamos haciendo un favor?"

"وهل يمكننا أن نكون متأكدين من أننا نقدم له معروفاً؟"

Comenzaron a pensar que bien podría ser cierto lo opuesto.

بدأوا يعتقدون أن العكس قد يكون صحيحاً.

La visión de la pared vacía pesó mucho en su corazón.

كان منظر الجدار الفارغ ثقيلاً على قلبها.

¿Quién diría que Gregor no se sentiría así también?

ما الذي يمنع غريغور من الشعور بنفس الطريقة؟

"Ya está acostumbrado a los muebles de su habitación."

"لقد اعتاد بالفعل على الأثاث الموجود في غرفته".

"Podría sentirse aún más abandonado en una habitación vacía".

"قد يشعر بمزيد من الوحدة في غرفة فارغة".

Para entonces su voz se había reducido casi a un susurro.

وبحلول ذلك الوقت، انخفض صوتها إلى حد الهمس تقريباً.

En realidad no sabía el paradero exacto de Gregor.

لم تكن تعرف في الواقع مكان وجود غريغور بالتحديد.

Ella no quería ni siquiera que él escuchara el sonido de su voz.

لم تكن تريده حتى أن يسمع صوتها.

Aunque ella estaba segura de que él no la entendía.

رغم أنها كانت متأكدة من أنه لم يفهمها.

"¿No parecería como si lo hubiéramos abandonado por completo?"

"ألا يبدو الأمر وكأننا قد تخلينا عنه تماماً؟"

"¿No sentirá que lo estamos dejando solo?"

"ألن يشعر وكأننا نتركه يواجه الأمر بمفرده؟"

"Deberíamos dejar la habitación exactamente como estaba".

"ينبغي أن نترك الغرفة كما كانت تماماً".

"Al final Gregor volverá con nosotros como antes."

"في النهاية سيعود غريغور إلينا كما كان".

"Entonces encontrará que todo sigue en su lugar."

"ثم سيجد أن كل شيء لا يزال في مكانه".

"Y olvidará mucho más fácilmente el período interino".

"وسينسى الفترة الانتقالية بسهولة أكبر".

Cuando Gregor escuchó estas palabras se dio cuenta de algo.

عندما سمع غريغور هذه الكلمات أدرك شيئاً ما.

Su mente se había vuelto confusa durante los últimos dos meses.

لقد أصبح عقله مشوشاً خلال الشهرين الماضيين.

La falta de interacción humana no había sido buena para él.

لم يكن افتقاره للتفاعل البشري أمراً جيداً بالنسبة له.

Realmente necesitaba la vida monótona en medio de su familia.

كان بحاجة ماسة إلى حياة رتيبة وسط عائلته.

¿Por qué si no habría hecho una exigencia tan absurda?

وإلا فلماذا كان سيقدم مثل هذا الطلب غير المنطقي؟

¿Qué sentido tenía vaciar su habitación?

ما الفائدة المرجوة من إخلاء غرفته؟

La cómoda habitación amueblada con muebles heredados.

غرفة مريحة مفروشة بأثاث موروث.

¿Por qué querría convertir ese calor conocido en una cueva?

لماذا قد يرغب في تحويل هذا الدفء المعروف إلى كهف؟

Una cueva donde poder arrastrarse en todas direcciones en paz.

كهفٌ يستطيع فيه الزحف في جميع الاتجاهات بسلام.

Pero una cueva en la que olvidó rápidamente su pasado humano.

لكن كهفًا نسي فيه ماضيه البشري بسرعة.

Tuvo que preguntarse si ya estaba cerca de olvidar.

كان عليه أن يتساءل عما إذا كان قد اقترب بالفعل من النسيان.

La voz de su madre lo había sacudido y lo había hecho recordar.

أيقظه صوت والدته من غفلته وجعله يتذكر.

La voz que no había oído durante tanto tiempo.

الصوت الذي لم يسمعه منذ زمن طويل.

No había que quitar nada, todo tenía que quedar.

لا ينبغي إزالة أي شيء؛ يجب أن يبقى كل شيء.

Los muebles influyeron positivamente en su condición.

كان للأثاث تأثير إيجابي على حالته.

Y no podría vivir sin este ancla en el pasado.

ولم يكن يستطيع التأقلم بدون هذا الرابط بالماضي.

Los muebles impedían que se arrastrara sin sentido.

منعته قطع الأثاث من الزحف بلا وعي.

Pero eso no fue una pérdida, sino más bien una gran ventaja.

لكن ذلك لم يكن خسارة؛ بل كان ميزة عظيمة.

Lamentablemente la hermana tenía una opinión muy diferente.

لسوء الحظ، كان للأخت رأي مختلف تماماً.

Ella se había convertido en una especie de portavoz de Gregor.

لقد أصبحت إلى حد ما متحدثة باسم غريغور.

Por supuesto que su opinión no era del todo injustificada.

بالطبع لم يكن رأيها بلا مبرر تماماً.

Pero aquí la opinión de su madre tuvo que ser contradicha.

لكن كان لا بد من معارضة رأي والدتها هنا.

Ahora no era solo la caja la que había que retirar.

لم يكن الصندوق وحده هو الذي كان يجب إزالته الآن.

Ni su escritorio ni el armario podían permanecer allí.

لم يكن من الممكن أن يبقى مكتبه وخزانة ملابسه أيضاً.

Lo único imprescindible era el sofá.

الشيء الوحيد الذي لا غنى عنه هو الأريكة.

Ella no decidió esto sólo por desafío infantil.

لم تتخذ هذا القرار بدافع التحدي الطفولي فحسب.

Tampoco fue su recientemente adquirida confianza en sí misma.

لم يكن الأمر متعلقاً بثقتها بنفسها التي اكتسبتها مؤخراً.

La nueva confianza que tuvo que trabajar muy duro para ganar.

الثقة الجديدة التي اكتسبتها بعد كل هذا الجهد الذي بذلته للفوز.

Aunque nadie esperaba que ella pudiera hacerlo.

على الرغم من أن أحداً لم يتوقع أن تكون قادرة على فعل ذلك.

Gregor realmente necesitaba mucho espacio para gatear.

كان غريغور يحتاج بالفعل إلى مساحة كبيرة للزحف.

Los muebles sólo limitaban el espacio del que disponía.

لم تكن قطع الأثاث سوى هي التي حدّت من المساحة المتاحة له.

Ella podía ver estas cosas mejor que la madre.

كانت قادرة على رؤية هذه الأشياء بشكل أفضل من الأم.

Pero quizá su espíritu romántico también jugó un papel.

لكن ربما لعبت روحها الرومانسية دوراً أيضاً.

Las niñas de esa edad suelen desarrollar cierto entusiasmo.

غالباً ما تكتسب الفتيات في ذلك العمر حماساً معيناً.

Y sienten la necesidad de salirse con la suya siempre que pueden.

ويشعرون بالحاجة إلى تحقيق ما يريدون كلما أمكنهم ذلك.

Quizás por eso quería sabotearlo en secreto.

ربما لهذا السبب أرادت تخريبه سراً.

Es aún más aterrador cuando se arrastra por las paredes.

يصبح أكثر رعباً عندما يزحف على الجدران.

Los padres ya no se atrevían a entrar en la habitación.

لم يعد الوالدان يجرؤان على دخول الغرفة بعد الآن.

Ella realmente sería la única cuidadora de su hermano.

ستكون هي بالفعل الراعية الوحيدة لأخيها.

Ella no dejó que su madre la persuadiera de lo contrario.

لم تدع والدتها تقنعها بخلاف ذلك.

La madre de Gregor ya se sentía incómoda en la habitación.

كانت والدة غريغور تشعر بالفعل بعدم الارتياح في الغرفة.

Pronto dejó de hablar y ayudó nuevamente a su hija.

سرعان ما توقفت عن الكلام وعادت لمساعدة ابنتها.

Con las fuerzas que les quedaban retiraron el armario.

وبقوتهم المتبقية قاموا بإزالة خزانة الملابس.

La cómoda era algo de lo que podía prescindir.

كان بإمكانه الاستغناء عن خزانة الأدراج.

Pero el escritorio tendría que quedarse allí por el momento.

لكن كان لا بد من إبقاء المكتب في مكانه في الوقت الحالي.

Mientras las mujeres estaban ausentes, trató de evaluar la habitación.

بينما كانت النساء غائبات، حاول تقييم الغرفة.

Y Gregor asomó la cabeza por debajo del sofá.

وأخرج غريغور رأسه من تحت الأريكة.

Tenía que ver qué podía hacer con la situación.

كان عليه أن يرى ما يمكنه فعله حيال هذا الوضع.

Pero fue lo más cuidadoso y considerado posible.

لكنه كان حريصاً ومراعياً قدر الإمكان.

Desgraciadamente fue la madre quien regresó primero.

لسوء الحظ، كانت الأم هي التي عادت أولاً.

Grete todavía estaba moviendo el armario en la habitación de al lado.

كانت غريت لا تزال تنقل خزانة الملابس في الغرفة المجاورة.

Pero la madre no estaba acostumbrada a ver a Gregor.

لكن الأم لم تكن معتادة على رؤية غريغور.

Incluso un simple vistazo a él podría haberla enfermado.

حتى مجرد لمحة منه كانت كفيلة بأن تصيبها بالمرض.

Gregor se apresuró a retroceder hasta el otro extremo del sofá.

أسرع غريغور إلى الخلف نحو الطرف البعيد من الأريكة.

Pero no podía retroceder y equilibrar la sábana.

لكنه لم يستطع التحرك للخلف وموازنة ملاءة السرير.

El movimiento fue suficiente para llamar la atención de la madre.

كانت الحركة كافية لجذب انتباه الأم.

Ella hizo una pausa y se quedó muy quieta por un breve momento.

توقفت، وظلت واقفة بلا حراك للحظة وجيزة.

Luego se dio la vuelta y salió de la habitación.

ثم استدارت وعادت إلى خارج الغرفة.

Gregor seguía diciéndose a sí mismo que no había ocurrido nada inusual.

ظل غريغور يقنع نفسه بأنه لم يحدث شيء غير عادي.

"Son sólo algunos muebles que se han llevado".

"إنها مجرد بعض قطع الأثاث التي تم نقلها".

Pero pronto tuvo que admitir que los acontecimientos le afectaron.

لكنه سرعان ما اضطر إلى الاعتراف بأن الأحداث أثرت فيه.

Las mujeres habían estado diciendo todo lo que estaban haciendo.

كانت النساء يقلن كل ما يفعلنه.

Habían estado caminando de un lado a otro por la habitación.

كانوا يسيرون جيئة وذهاباً في الغرفة.

El rayado de todos los muebles en el suelo.

صوت خدش جميع قطع الأثاث على الأرض.

Se sentía como si lo atacaran desde todos lados.

شعر وكأنه يتعرض لهجوم من جميع الجهات.

Apretó la cabeza y las piernas lo más fuerte que pudo.

ضم رأسه وساقيه إلى صدره بأقصى ما يستطيع.

Con todas sus fuerzas presionó su cuerpo contra el suelo.

بكل قوته ضغط بجسده على الأرض.

Sabía que no podría soportar todo esto por mucho más tiempo.

كان يعلم أنه لا يستطيع تحمل كل هذا لفترة أطول.

Vaciaron su habitación y se llevaron todo lo que amaba.

قاموا بإخلاء غرفته وأخذوا كل ما كان يحبه.

Ya se habían llevado la caja que contenía todas sus herramientas.

لقد أخذوا بالفعل الصندوق الذي يحتوي على جميع أدواته.

Ahora estaban aflojando su pesado escritorio del suelo.

ثم قاموا بفك مكتبه الثقيل من الأرض.

El escritorio en el que había trabajado después de regresar del trabajo.

المكتب الذي عمل عليه بعد عودته من العمل.

El escritorio en el que había escrito sus tareas comerciales.

المكتب الذي كان يكتب عليه مهامه التجارية.

El escritorio en el que había hecho sus deberes en la escuela secundaria.

المكتب الذي كان ينجز عليه واجباته المدرسية في المدرسة الثانوية.

Sí, ya había tenido este pupitre en la escuela primaria.

نعم، كان لديه هذا المكتب بالفعل في المدرسة الابتدائية.

Realmente no tuvo tiempo de confirmar sus buenas intenciones.

لم يكن لديه وقت كافٍ للتأكد من حسن نواياهم.

Aunque ya casi había olvidado que estaban allí.

على الرغم من أنه كاد ينسى وجودهم هناك على أي حال.

Porque trabajaban en silencio, por el cansancio.

لأنهم كانوا يعملون بصمت، بسبب الإرهاق.

Estaban demasiado cansados para anunciar sus movimientos ahora.

كانوا متعبين للغاية بحيث لا يستطيعون الإعلان عن تحركاتهم الآن.

Lo único que oyó fueron sus pesados pasos en el suelo.

كل ما سمعه كان وقع أقدامهم الثقيلة على الأرض.

Justo en ese momento estaban apoyados sobre la caja.

في تلك اللحظة بالذات كانوا يتكئون على الصندوق.

Y entonces Gregor salió de debajo del sofá.

وعندها خرج غريغور من تحت الأريكة.

Cambió la dirección en la que corría cuatro veces.

غيّر اتجاه جريه أربع مرات.

No podía decidir qué elemento debía salvarse primero.

لم يستطع أن يقرر أي عنصر يجب حفظه أولاً.

De repente su atención se dirigió a la pared vacía.

وفجأة لفت انتباهه الجدار الفارغ.

Lo único que le quedó fue la fotografía de la dama con pieles.

كل ما تركوه له هو صورة السيدة التي ترتدي الفراء.

Se arrastró hasta la imagen para presionar su cuerpo contra el de ella.

زحف نحو الصورة ليضغط بجسده عليها.

Y su cuerpo cubrió completamente la vista de la imagen.

وغطى جسده مشهد الصورة بالكامل.

El vaso lo sostuvo y reconfortó su vientre caliente.

ساعده الزجاج على الوقوف، وخفف من حرارة بطنه.

Esta fotografía ya no se la pudieron quitar.

لم يعد بالإمكان أخذ هذه الصورة منه.

Luego giró la cabeza hacia la puerta de la sala de estar.

ثم أدار رأسه نحو باب غرفة المعيشة.

Iba a observar mientras las mujeres regresaban a la habitación.

كان سيشاهد النساء وهن يعدن إلى الغرفة.

Y no descansaron mucho antes de regresar nuevamente.

ولم يستريحوا طويلاً قبل أن يعودوا مرة أخرى.

El brazo de Grete rodeaba a su madre para ayudarla a caminar.

كانت غريت تضع ذراعها حول والدتها لمساعدتها على المشي.

"¿Qué nos llevamos ahora?" dijo Grete y miró a su alrededor.

قالت غريت وهي تنظر حولها: "ماذا سنأخذ الآن؟"

Justo en ese momento su mirada se encontró con los ojos de Gregor.

في تلك اللحظة بالذات التقت نظرتها بعيني غريغور.

A pesar del shock, mantuvo la presencia de ánimo.

رغم الصدمة، حافظت على رباطة جأشها.

Probablemente sólo por la presencia de su madre.

ربما فقط بسبب وجود والدتها.

Ella inclinó su rostro hacia su madre, cubriéndole la vista.

انحنت بوجهها نحو والدتها، فحجبت رؤيتها.

Y entonces dijo, aunque temblorosa y desconsiderada:

ثم قالت، رغم ارتعاشها وعدم تفكيرها:

-Vamos, ¿no deberíamos volver a la sala de estar?

"هيا بنا، ألا يجب أن نعود إلى غرفة المعيشة؟"

Gregor podía comprender fácilmente las intenciones de la hermana.

كان بإمكان غريغور أن يفهم نوايا الأخت بسهولة.

Su primera prioridad fue poner a su madre a salvo.

كانت أولويتها الأولى هي إيصال والدتها إلى بر الأمان.

Pero luego ella iba a perseguirlo desde la pared.

لكنها كانت ستطارده من فوق الجدار.

«¡Pues claro que puede intentarlo!», pensó Gregor para sus adentros.

"حسنًا، يمكنها بالتأكيد أن تحاول!" فكر غريغور في نفسه.

Se sentó firmemente sobre su imagen y no renunció a ella.

جلس بثبات على صورته ولم يتخل عنها.

Preferiría haberle saltado en la cara a la hermana.

كان يفضل أن يقفز في وجه أخته.

Pero las palabras de Grete preocuparon aún más a su madre.

لكن كلمات غريت أثارت قلق والدتها أكثر.

Ella se hizo a un lado para ver lo que le ocultaban.

تنحّت جانباً لترى ما كان يُخفى عنها.

Y vio la mancha marrón en el papel pintado floreado.

ورأت البقعة البنية على ورق الحائط المزهر.

Y ella gritó antes de darse cuenta de que era Gregor.

وصرخت قبل أن تدرك حتى أنه غريغور.

"Oh Dios", gritó con los brazos extendidos.

"يا إلهي!" صرخت وهي تمد ذراعيها.

Y ella se dejó caer en el sofá como si se hubiera rendido.

وسقطت على الأريكة كما لو أنها استسلمت.

—¡Gregor! —gritó la hermana levantando el puño.

"غريغور!" صرخت الأخت في وجهه وهي ترفع قبضتها.

Y ella le dirigió una mirada larga, dura y penetrante.

وألقت عليه نظرة طويلة وحادة ونافذة.

Esta era la primera vez que hablaba con él directamente.

كانت هذه هي المرة الأولى التي تتحدث فيها إليه مباشرة.

Corrió a la habitación de al lado para conseguir algunas sales aromáticas.

ركضت إلى الغرفة المجاورة لتجلب بعض الأملاح العطرية.

Tenía que devolverle la conciencia a su madre.

كان عليها أن تعيد والدتها إلى وعيها.

Gregor quería ayudar, podría salvar la imagen más tarde.

أراد غريغور المساعدة، ويمكنه حفظ الصورة لاحقاً.

Pero él se había quedado firmemente pegado al cristal.

لكنه علق بقوة على الزجاج.

Entonces tuvo que apartarse usando mucha fuerza.

لذلك اضطر إلى انتزاع نفسه بقوة كبيرة.

Él también corrió a la habitación de al lado, donde estaba la hermana.

ركض هو الآخر إلى الغرفة المجاورة حيث كانت الأخت.

En el pasado podría haberle dado algún consejo.

في الماضي كان بإمكانه أن يقدم لها بعض النصائح.

Pero ahora no podía hacer nada más que quedarse de brazos cruzados y observar.

لكن الآن لم يكن بوسعه أن يفعل شيئاً سوى الوقوف مكتوف الأيدي والمشاهدة.

Revolvió el cajón y abrió varias botellas.

فتشت في الدرج، وفتحت زجاجات مختلفة.

Y todavía la asustó cuando ella se dio la vuelta.

وما زال يُخيفها عندما تستدير.

Una botella cayó al suelo, se rompió y se astilló.

سقطت زجاجة على الأرض، وانكسرت، وتناثرت شظاياها.

Una astilla de vidrio golpeó la cara de Gregor y lo hirió.

أصابت شظية زجاجية وجه غريغور، وأصابته بجروح.

La botella contenía algún tipo de líquido cáustico.

كانت الزجاجة تحتوي على نوع من السوائل الكاوية.

Y ahora el líquido corrosivo quemaba la cara de Gregor.

والآن، كان السائل المسبب للتآكل يحرق وجه غريغور.

Sin embargo, la hermana no tenía tiempo para Gregor en ese momento.

لكن الأخت لم يكن لديها وقت لغريغور في الوقت الحالي.

Ella recogió tantas botellas como pudo.

جمعت أكبر عدد ممكن من الزجاجات.

Y ella corrió de nuevo hacia su madre con la medicina.

ثم ركضت عائدة إلى والدتها ومعها الدواء.

Ella cerró la puerta con el pie, dejando afuera a Gregor.

أغلقت الباب بقدمها بقوة، وأغلقت الباب على غريغور.

Ahora estaba separado de su madre, que estaba potencialmente moribunda.

لقد انقطع الآن عن والدته التي ربما تكون تحتضر.

Si abriera la puerta, echaría a la hermana.

إذا فتح الباب، فسوف يطرد الأخت.

Pero por supuesto tuvo que quedarse para cuidar a la madre.

لكن بالطبع كان عليها البقاء لرعاية الأم.

Ya no podía hacer nada más que esperarlos.

لم يكن بوسعه فعل شيء الآن سوى انتظارهم.

Acosado por el autorreproche y la ansiedad, comenzó a gatear.

بدأ يزحف وقد عانى من لوم الذات والقلق.

Se arrastró por todas partes: las paredes, los muebles, el techo.

زحف في كل مكان؛ الجدران، الأثاث، السقف.

Sintió como si toda la habitación girara a su alrededor.

شعر وكأن الغرفة بأكملها تدور من حوله.

Finalmente, desesperado y mareado, volvió a caer.

وأخيراً، وفي حالة من اليأس والدوار، سقط أرضاً مرة أخرى.

Y cayó justo encima de la gran mesa del comedor.

وسقط مباشرة فوق طاولة غرفة الطعام الكبيرة.

Pasó algún tiempo tendido allí, entumecido e incapaz de moverse.

أمضى بعض الوقت مستلقياً هناك، مخدراً وغير قادر على الحركة.

Estaba exhausto por todo lo que el día le había traído.

كان منهكاً من كل ما جلبه عليه هذا اليوم.

Todo estaba tranquilo, pero tal vez eso era una buena señal.

كان الهدوء يسود المكان، ولكن ربما كانت تلك علامة جيدة.

Entonces, rompiendo el silencio, sonó el timbre de la puerta de afuera.

ثم، قاطع رنين جرس الباب الخارجي الصمت.

La criada, por supuesto, se había encerrado en su cocina.

أما الخادمة، فقد أغلقت على نفسها باب المطبخ بالطبع.

Así que la hermana era la única que podía abrir la puerta.

لذا كانت الأخت هي الوحيدة التي تستطيع فتح الباب.

"¿Qué pasó?" fue lo primero que preguntó el padre.

"ماذا حدث؟" كان أول سؤال طرحه الأب.

La aparición de Grete probablemente le había dicho todo.

ربما كان مظهر غريت قد أخبره بكل شيء.

La voz de Grete se volvió apagada y apagada mientras hablaba.

أصبح صوت غريت مكتوماً وباهتاً أثناء حديثها.

Ella debió haber presionado su cara contra el pecho de su padre.

لا بد أنها ضغطت وجهها على صدر والدها.

"La madre estaba inconsciente, pero ahora se siente mejor".

"كانت والدتي فاقدة للوعي، لكنها تشعر بتحسن الآن".

—Gregor ha escapado —añadió, tal como él esperaba.

وأضافت قائلة: "لقد هرب غريغور"، وهو ما كان يتوقعه.

"Siempre te dije que algún día se escaparía."

"لطالما أخبرتك أنه سيهرب يوماً ما".

—Pero vosotras, las mujeres, no quisisteis escucharme,
¿verdad?

"لكنكنّ يا نساء لم ترغبن في الاستماع إليّ، أليس كذلك؟"

Gregor se dio cuenta rápidamente de cómo vería las cosas su
padre.

سرعان ما أدرك غريغور كيف سينظر والده إلى الأمور.

Había malinterpretado el mensaje demasiado breve de
Grete.

لقد أساء فهم رسالة غريت المختصرة للغاية.

Supuso que Gregor había cometido algún acto de violencia.

افترض أن غريغور قد ارتكب عملاً من أعمال العنف.

Gregor tenía que encontrar una manera de apaciguar a su
padre de alguna manera.

كان على غريغور أن يجد طريقة ما لإرضاء والده.

Porque no tuvo tiempo de explicarle las cosas.

لأنه لم يكن لديه الوقت الكافي لشرح الأمور له.

Pero de todos modos no habría podido explicar las cosas.

لكنه لم يكن ليتمكن من شرح الأمور على أي حال.

Entonces huyó hacia la puerta y se pegó a ella.

فهرب إلى الباب وضغط نفسه عليه.

De esa manera su padre podría verlo desde la antesala.

وبهذه الطريقة كان بإمكان والده رؤيته من الغرفة الأمامية.

Y podría ver que tenía las mejores intenciones.

وسيكون قادراً على أن يرى أن لديه أفضل النوايا.

No había necesidad de empujarlo con una escoba.

لم تكن هناك حاجة لدفعه للخلف بالمقشة.

Lo único que el padre habría tenido que hacer era abrir la
puerta.

كل ما كان على الأب فعله هو فتح الباب.

Pero él no estaba de humor para notar tales sutilezas.

لكنه لم يكن في مزاج يسمح له بملاحظة مثل هذه التفاصيل الدقيقة.

"¡Ahí estás!" exclamó nada más entrar.

"ها أنت ذا!" صاح حالما دخل.

Era como si estuviera enojado y feliz al mismo tiempo.

كان الأمر كما لو أنه كان غاضباً وسعيداً في الوقت نفسه.

Echó la cabeza hacia atrás y miró al padre.

سحب رأسه إلى الخلف، ونظر إلى الأب.

No se había imaginado que su padre estuviera allí así.

لم يكن يتخيل أن يقف والده هناك على هذا النحو.

Pero en los últimos tiempos había encontrado una nueva distracción.

لكنه وجد في الآونة الأخيرة ما يصرف انتباهه.

Gatear ahora ocupaba gran parte de su día.

أصبح الزحف الآن يشغل جزءاً كبيراً من يومه.

Antes, él estaba al tanto de todas las novedades que ocurrían en el apartamento.

في السابق، كان يتابع أي أخبار في الشقة.

Pero últimamente no había estado prestando tanta atención.

لكنه لم يكن يولي الكثير من الاهتمام في الآونة الأخيرة.

Debería haber estado preparado para afrontar los cambios.

كان ينبغي عليه أن يكون مستعداً لمواجهة التغييرات.

Sin embargo, ¿era este hombre que tenía delante todavía el padre?

ومع ذلك، هل كان هذا الرجل الذي أمامه لا يزال هو الأب؟

¿Era él el mismo hombre que solía yacer cansado en su cama?

هل كان هو نفس الرجل الذي اعتاد أن يستلقي متعباً في سريره؟

Cuando Gregor ya se había ido de viaje de negocios.

عندما كان غريغور قد ذهب بالفعل في رحلة عمل.

¿Era él el mismo hombre que lo saludaba por las noches?

هل كان هو نفس الرجل الذي كان يستقبله في المساء؟

Cuando estaba en bata en su sillón.

عندما كان يرتدي رداء الحمام ويجلس على كرسيه.

¿Era el mismo hombre que no pudo levantarse a darle la bienvenida?

هل كان هو نفس الرجل الذي لم يستطع النهوض لاستقباله؟

Entonces, permaneciendo sentado, levantó el brazo en señal de alegría.

فبقي جالساً، ورفع ذراعه كعلامة على الفرح.

¿Era el mismo hombre con el que salía a caminar de vez en cuando?

هل كان هو نفس الرجل الذي كان يخرج معه في نزهات عرضية؟

En raras ocasiones: algunos domingos al año o días festivos.

في مناسبات نادرة: بضعة أيام أحد في السنة، أو في أيام العطلات.

¿Era el mismo hombre que caminaba envuelto en su abrigo?

هل كان هو نفس الرجل الذي كان يمشي وهو يرتدي معطفه؟

¿Avanzó lentamente, entre la madre y él?

هل كان يتقدم ببطء، بينه وبين أمه؟

Y ellos ya caminaban lentamente por causa de él.

وكانوا يسيرون ببطء بالفعل بسببه.

Pero ahora este hombre estaba de pie, fuerte y erguido.

لكن هذا الرجل الآن يقف قوياً ومنتصباً.

Estaba vestido con un uniforme azul con botones dorados.

كان يرتدي زياً أزرق اللون بأزرار ذهبية.

Botones que llevan los empleados de las instituciones bancarias.

أزرار يرتديها موظفو المؤسسات المصرفية.

Por encima del rígido cuello emergía su fuerte papada.

برزت ذقنه المزدوجة القوية فوق الياقة الصلبة.

Bajo sus pobladas cejas se asomaban sus ojos negros.

كانت عيناه السوداوان تنظران من تحت حاجبيه الكثيفين.

Ahora sus ojos parecían penetrantes, frescos y alertas.

بدت عيناه الآن ثاقبتين، ومنتعشتين، ومتيقظتين.

El cabello blanco, anteriormente despeinado, fue peinado hacia abajo.

تم تمشيط الشعر الأبيض الذي كان أشعثاً سابقاً.

Y su cabello ahora tenía una meticulosa raya central.

وأصبح شعره الآن مفروقاً بدقة من المنتصف.

Arrojó su sombrero, que estaba adornado con un monograma dorado.

ألقى بقبعته، التي كانت مثبتة بحرف ذهبي.

Probablemente era el monograma del banco en el que trabajaba.

ربما كان ذلك شعار البنك الذي كان يعمل فيه.

Y el sombrero aterrizó en el sofá, para guardarlo más tarde.

وسقطت القبعة على الأريكة، ليتم وضعها جانباً لاحقاً.

Empujó hacia atrás la parte inferior de la larga chaqueta del uniforme.

دفع الجزء السفلي من سترة الزي الرسمي الطويلة إلى الخلف.

Y metió los pulgares en los bolsillos de sus pantalones.

ووضع إبهاميه في جيوب بنطاله.

Y luego, con cara sombría, caminó hacia Gregor.

ثم سار نحو غريغور بوجه عابس.

Probablemente ni siquiera sabía lo que planeaba hacer.

ربما لم يكن يعرف حتى ما الذي كان يخطط لفعله.

Pero aún así levantó los pies inusualmente alto.

لكن مع ذلك رفع قدميه عالياً بشكل غير عادي.

Gregor estaba asombrado por el enorme tamaño de sus botas.

أعجب غريغور بحجم حذائه الهائل.

Pero realmente no había tiempo para maravillarse con sus zapatos.

لكن لم يكن هناك وقت حقاً للتأمل في حذائه.

El padre había decidido aplicar una disciplina muy estricta.

قرر الأب اتباع نظام تأديبي صارم للغاية.

Para Gregor sólo era apropiada la mayor severidad.

لم يكن مناسباً لغريغور إلا أقصى درجات القسوة.

Él lo sabía desde el primer día de su transformación.

لقد أدرك ذلك منذ اليوم الأول لتحوله.

Corrió hacia su padre y se detuvo cuando él se detuvo.

ركض نحو والده، وتوقف عندما توقف.

Corrió hacia él nuevamente cuando se movió de nuevo.

اندفع نحوه مرة أخرى عندما تحرك مجدداً.

El padre se detuvo un momento y Gregor también.

توقف الأب للحظة، وكذلك فعل غريغور.

Y corrió hacia adelante nuevamente tan pronto como su padre se movió.

واندفع للأمام مرة أخرى بمجرد أن تحرك والده.

De esta manera dieron varias vueltas alrededor de la habitación.

وبهذه الطريقة داروا حول الغرفة عدة مرات.

Nadie había conseguido aún ninguna ventaja decisiva.

لم يحقق أي طرف حتى الآن أي ميزة حاسمة.

No se podría haber tenido la impresión de una persecución.

لم يكن من الممكن أن يستنتج المرء وجود مطاردة.

Porque todo el acontecimiento se estaba produciendo demasiado lentamente.

لأن الحدث برمته كان يحدث ببطء شديد.

Gregor había decidido quedarse en tierra.

قرر غريغور البقاء على الأرض.

Podría haber corrido por las paredes y a lo largo del techo.

كان بإمكانه أن يركض على الجدران وعلى طول السقف.

Pero no quería provocar al padre innecesariamente.

لكنه لم يرغب في استفزاز الأب بلا داعٍ.

Una huida así podría haber parecido especialmente perversa.

ربما بدا هذا الهروب شريراً للغاية.

Gregor admitió que esta persecución no podía durar mucho más.

أقر غريغور بأن هذه المطاردة لن تدوم طويلاً.

Cada paso debía ir acompañado de una miríada de movimientos.

كان لا بد من مواجهة كل خطوة بعدد لا يحصى من الحركات.

Ya empezaba a sentir falta de aire.

بدأ يشعر بضيق في التنفس.

Incluso antes nunca había tenido unos pulmones completamente confiables.

حتى قبل ذلك، لم تكن لديه رئتان موثوقتان تماماً.

Avanzó tambaleándose, guardando sus fuerzas para la carrera.

ترنّح في طريقه، مدخراً قوته للجري.

Estaba tan cansado que apenas podía mantener los ojos abiertos.

كان متعباً للغاية لدرجة أنه بالكاد استطاع إبقاء عينيه مفتوحتين.

Sus pensamientos se volvieron demasiado lentos para pensar en otras escapatorias.

أصبحت أفكاره بطيئة للغاية بحيث لم يعد بإمكانه التفكير في طرق أخرى للهروب.

Casi había olvidado que los muros estaban a su disposición.

كاد ينسى أن الجدران كانت متاحة له.

Pero de todos modos las paredes estaban ocultas detrás de los muebles.

لكن الجدران كانت مخفية خلف الأثاث على أي حال.

Y los muebles tenían demasiadas muescas y protuberancias.

وكانت قطع الأثاث تحتوي على الكثير من الشقوق والنتوءات.

Y luego, justo a su lado, rodando, había una manzana.

ثم، بجانبه مباشرة، كانت هناك تفاحة تتدحرج.

La manzana debió haberle sido arrojada, se dio cuenta.

أدرك أن التفاحة لا بد أنها ألقيت عليه.

Pero no tuvo tiempo de pensar antes de que llegara otra manzana.

لكن لم يكن لديه وقت للتفكير قبل أن تأتي تفاحة أخرى.

Gregor se quedó paralizado por la nueva estrategia del padre.

تجمد غريغور من الصدمة أمام استراتيجية الأب الجديدة.

Ya no podía ganar nada intentando huir.

لم يعد بإمكانه تحقيق أي شيء من محاولة الركض.

El padre había decidido bombardearlo con fruta.

قرر الأب أن يغمره بالفاكهة.

Se había llenado los bolsillos con lo que había en el frutero de la cocina.

لقد ملأ جيوبه من وعاء الفاكهة في المطبخ.

Sin apuntar especialmente, lanzó manzana tras manzana.

دون أن يقصد ذلك تحديداً، كان يرمي التفاحة تلو الأخرى.

Estas pequeñas manzanas rojas rodaban por el suelo.

تتدحرجت هذه التفاحات الحمراء الصغيرة على الأرض.

Como si estuvieran electrificadas, las manzanas chocaron entre sí.

وكأنها مكهربة، اصطدمت التفاحات ببعضها البعض.

Una de las manzanas lanzadas débilmente rozó la espalda de Gregor.

أصابت إحدى التفاحات التي ألقيت بشكل ضعيف ظهر غريغور.

Afortunadamente para él, la manzana se deslizó sin sufrir daño.

ولحسن حظه، انزلقت التفاحة دون أن تسبب له أي ضرر.

Sin embargo, la manzana lanzada después fue más precisa.

لكن التفاحة التي أُلقيت بعد ذلك كانت أكثر دقة.

Y esta manzana se alojó profundamente en la espalda de Gregor.

واستقرت هذه التفاحة عميقاً في ظهر غريغور.

Gregor quería alejarse del dolor.

أراد غريغور أن يسحب نفسه بعيداً عن الألم.

Quizás se pueda escapar de este nuevo e increíble dolor.

ربما يمكن التخلص من هذا الألم الجديد الذي لا يُصدق.

Quizás un cambio de ubicación aliviaría su agonía.

ربما يخفف تغيير المكان من معاناته.

Pero se sentía como si lo hubieran clavado al suelo.

لكنه شعر وكأنه مثبت بالأرض.

Se estiró, pero sólo debido a su confusión.

تمدد، ولكن فقط بسبب ارتباكه.

Sólo con su última mirada vio que la puerta se abría.

لم يرَ الباب يُفتح إلا بنظرة أخيرة.

La madre corrió hacia su hermana, que gritaba.

اندفعت الأم إلى الخارج أمام أختها التي كانت تصرخ.

La hermana la había desnudado, por lo que estaba en camisa.

لقد جردتها أختها من ملابسها، لذا كانت ترتدي قميصها فقط.

Había necesitado respirar en su inconsciencia.

كانت بحاجة إلى مساحة للتنفس في حالة اللاوعي.

Todavía veía cómo la madre corría hacia el padre.

لا يزال يرى كيف ركضت الأم نحو الأب.

Sus faldas se deslizaron hasta el suelo, una tras otra.

انزلقت تنانيرها إلى الأرض، واحدة تلو الأخرى.

La vio acercarse al padre y tropezar con su falda.

رآها تقترب من الأب، ثم تعثرت بتنورتها.

Abrazándolo, pidió que le perdonaran la vida a Gregor.

احتضنته، وطلبت منه أن ينقذ حياة غريغور.

En completa unión con su cuerpo, su vista falló.

في حالة اندماج تام مع جسده، فقد بصره.

Tercera parte

الجزء الثالث

Gregor sufrió la grave lesión durante más de un mes.

عانى غريغور من الإصابة الخطيرة لأكثر من شهر.

La manzana quedó incrustada; nadie se atrevió a sacarla.

بقيت التفاحة مغروسة في مكانها؛ ولم يجرؤ أحد على إزالتها.

La manzana permaneció en su carne como un recordatorio visible.

بقيت التفاحة في جسده كتذكير مرئي.

Pero la manzana también sirvió como recordatorio para el padre.

لكن التفاحة كانت بمثابة تذكير للأب أيضاً.

Se dio cuenta de que no debía tratar a Gregor como a un enemigo.

أدرك أنه لا ينبغي معاملة غريغور كعدو.

Actualmente su apariencia puede ser triste y repugnante.

قد يكون مظهره الحالي محزناً ومثيراً للاشمئزاز.

Pero aún así, seguía siendo un miembro de su familia.

لكن مع ذلك، كان لا يزال فرداً من عائلتهم.

Había que aceptar la reticencia y tolerarla.

كان لا بد من تقبّل هذا التردد وتحمّله.

Debido a su herida, es posible que haya perdido su movilidad para siempre.

بسبب إصابته، قد يفقد قدرته على الحركة إلى الأبد.

Todavía gateaba por su habitación, pero mucho más lento.

كان لا يزال يزحف في غرفته، لكن ببطء شديد.

Arrastrarse a cualquier altura estaba fuera de cuestión.

كان الزحف على أي ارتفاع أمراً مستحيلاً.

Pero Gregor recibió algún tipo de compensación.

لكن غريغور حصل على شكل من أشكال التعويض.

Por la noche se le abrió la puerta del salón.

وفي المساء فُتح له باب غرفة المعيشة.

Y consideró que estas reparaciones eran completamente adecuadas.

وشعر أن هذه التعويضات كانت كافية تماماً.

Antes del anochecer ya había empezado a vigilar la puerta.

قبل حلول المساء، بدأ بالفعل بمراقبة الباب.

Él yacía en la oscuridad, invisible desde la sala de estar.

كان يرقد في الظلام، غير مرئي من غرفة المعيشة.

Pudo ver a toda la familia en la mesa iluminada.

كان بإمكانه رؤية جميع أفراد العائلة على الطاولة المضاءة.

Ahora se le permitió escuchar sus conversaciones.

سُمح له الآن بالاستماع إلى محادثاتهم.

Esto fue bastante diferente a su arreglo anterior.

كان هذا مختلفًا تمامًا عن ترتيبهم السابق.

Las animadas conversaciones de tiempos pasados habían terminado.

انتهت المحادثات الحيوية التي كانت سائدة في الماضي.

Éstas eran las conversaciones que tanto anhelaba.

كانت هذه هي المحادثات التي اعتاد أن يتوق إليها.

Cuando dormía solo en pequeñas habitaciones de hotel.

عندما كان ينام وحيداً في غرف فندقية صغيرة.

Cuando tuvo que arrojarse entre las sábanas húmedas.

عندما اضطر إلى إلقاء نفسه في أغطية السرير الرطبة.

Pero ahora las tardes eran en su mayoría tranquilas y sin acontecimientos.

لكن الأمسيات الآن كانت هادئة في الغالب وخالية من الأحداث.

El padre se quedó dormido en su sillón después de cenar.

غفا الأب على كرسيه بعد العشاء.

Y la madre y la hermana se animaban mutuamente a guardar silencio.

وحثت الأم والأخت بعضهما البعض على التزام الصمت.

La madre, inclinada hacia la luz, cosía lino.

انحنت الأم فوق الضوء، وخاطت الكتان.

Ahora ella hace vestidos para una de las tiendas de moda.

إنها تصنع الفساتين لأحد متاجر الأزياء الآن.

Al igual que Gregor, la hermana había conseguido un trabajo como vendedora.

ومثل غريغور، حصلت الأخت على وظيفة بائعة.

Ella estaba aprendiendo taquigrafía y francés por las tardes.

كانت تتعلم الاختزال واللغة الفرنسية في المساء.

Para que más adelante pudiera tal vez conseguir un mejor puesto de trabajo.

حتى تتمكن من الحصول على وظيفة أفضل لاحقاً.

A veces el padre se despertaba de sus siestas nocturnas.

كان الأب يستيقظ أحياناً من قيلولته المسائية.

"¡Cariño, ya llevas un buen rato cosiendo hoy!"

عزيزتي، لقد كنتِ تخيطين لفترة طويلة اليوم!

Parecía haber olvidado que había estado durmiendo.

بدا وكأنه نسي أنه كان نائماً.

Pero inmediatamente volvió a caer en un sueño profundo.

لكنه سرعان ما عاد إلى نومه مرة أخرى.

Y la madre y la hermana se sonrieron cansadamente.

وابتسمت الأم والأخت لبعضهما البعض بتعب.

El padre había desarrollado una extraña y nueva terquedad.

لقد تطورت لدى الأب عناد غريب جديد.

Incluso en casa se negó a quitarse el uniforme de sirviente.

حتى في المنزل رفض خلع زي الخادم.

Y su bata colgaba inútilmente en la percha.

وظل رداء حمامه معلقاً بلا فائدة على الشماعة.

Así pues, el padre dormía, completamente vestido, en su sillón.

وهكذا نام الأب، وهو يرتدي ملابسه كاملة، في كرسيه ذي الذراعين.

Era como si siempre estuviera dispuesto a prestar su servicio.

كان الأمر كما لو أنه كان دائماً على استعداد لتقديم خدماته.

Como si estuviera esperando la voz de su superior.

وكأنه كان ينتظر فقط صوت رئيسه.

Esto provocó que su uniforme perdiera su limpieza.

وقد أدى ذلك إلى فقدان زيه الرسمي لنظافته.

Aunque el uniforme tampoco era nuevo cuando lo recibió.

مع أن الزي لم يكن جديداً عندما حصل عليه أيضاً.

Y la madre hizo todo lo posible para cuidar el uniforme.

وبذلت الأم قصارى جهدها للعناية بالزي المدرسي.

Gregor pasaba tardes enteras mirando este uniforme.

أمضى غريغور أمسيات كاملة وهو ينظر إلى هذا الزي.

Observó cómo el anciano dormía de manera muy incómoda.

راقب الرجل العجوز وهو ينام في حالة من عدم الراحة الشديدة.

Pero mientras dormía también notó algo pacífico.

لكنه لاحظ أيضاً شيئاً هادئاً أثناء نومه.

Cuando el reloj dio las diez la madre intentó despertarlo.

عندما دقت الساعة العاشرة حاولت الأم إيقاظه.

Ella habló en voz baja y lo convenció de ir a la cama.

تحدثت بهدوء، وأقنعته بالذهاب إلى الفراش.

Porque dormir en el sillón no era dormir de verdad.

لأن النوم على الكرسي لم يكن نوماً حقيقياً.

Iba a tener que empezar a trabajar a las seis en punto.

كان عليه أن يبدأ العمل في الساعة السادسة.

Así que realmente necesitaba dormir lo mejor posible.

لذلك كان بحاجة ماسة إلى الحصول على أفضل نوم ممكن.

Pero una nueva forma de terquedad se apoderó de él.

لكنه كان قد أصيب بنوع جديد من العناد.

Convertirse en sirviente había comenzado a tener ese efecto en él.

بدأ عمله كخادم يؤثر عليه بهذا الشكل.

Así que siempre insistía en quedarse más tiempo en la mesa.

لذلك كان يصر دائماً على البقاء لفترة أطول على الطاولة.

Aunque con regularidad volvía a quedarse dormido en su silla.

على الرغم من أنه كان ينام بانتظام على كرسيه مرة أخرى.

Y sólo con la mayor dificultad pudo ser movido.

ولم يكن من الممكن تحريكه إلا بصعوبة بالغة.

Tuvieron que decirle que la cama sería mejor para él.

كان لا بد من إخباره بأن السرير سيكون أفضل له.

Madre y hermana tuvieron que insistir con pequeñas advertencias.

كان على الأم والأخت الإصرار على ذلك مع تحذيرات قليلة.

Durante quince minutos se limitó a menear lentamente la cabeza.

لمدة خمس عشرة دقيقة، لم يفعل سوى هز رأسه ببطء.

Y mantuvo los ojos cerrados y se negó a levantarse.

وأبقى عينيه مغمضتين، ورفض النهوض.

La madre tiró de su manga, suavemente, pero con firmeza.

سحبت الأم كمّه برفق، ولكن بحزم.

Y ella susurró palabras halagadoras en sus oídos cansados.

وهمست بكلمات إطراء في أذنيه المتعبتين.

La hermana abandonó la tarea que tenía entre manos para ayudar a su madre.

تركت الأخت المهمة التي كانت تقوم بها لمساعدة والدتها.

Pero ninguno de sus esfuerzos funcionó con el padre.

لكن لم تنجح أي من محاولاتهم مع الأب.

Se hundió aún más en su silla, preparado para dormir.

انغمس أكثر في كرسيه، مستعداً للنوم.

Y finalmente las mujeres lo agarraron por las axilas.

وأخيراً أمسكت به النساء من تحت إبطيه.

Abrió los ojos y los miró alternativamente.

فتح عينيه ونظر إليهما بالتناوب.

"¡Qué vida ésta!" se quejó al irse a dormir.

"يا لها من حياة!"، هكذا اشتكى وهو يذهب إلى الفراش.

"¿Es esta la paz que me ha sido dada en mi vejez?"

"هل هذا هو السلام الذي مُنح لي في شيخوختي؟"

Pero entonces, apoyándose en las dos mujeres, se levantó torpemente.

لكن بعد ذلك، اتكأ على المرأتين ونهض على نحوٍ أخرق.

Actuó como si llevara la carga más pesada.

تصرف وكأنه يحمل أثقل عبء.

Dejó que las dos mujeres lo guiaran hasta el final de la habitación.

سمح للمرأتين أن تقوداه إلى نهاية الغرفة.

Allí les deseó buenas noches y continuó su camino.

وهناك ودّعهم، ثم تابع طريقه بمفرده.

Pero la madre rápidamente arrojó su kit de costura.

لكن الأم ألقت على عجل بأدوات الخياطة الخاصة بها.

Y la hermana también dejó el bolígrafo y el bloc de notas.

وقامت الأخت أيضاً بوضع القلم والمفكرة جانباً.

Y corrieron detrás del padre para ayudarle aún más.

وركضوا خلف الأب لمساعدته أكثر.

¿Quién en esta familia sobrecargada de trabajo tenía tiempo para Gregor?

من في هذه العائلة المنهكة كان لديه وقت لغريغور؟

¿Quién podría haberle prestado más atención de la necesaria?

من الذي كان بإمكانه أن يمنحه اهتماماً أكثر من اللازم؟

El presupuesto familiar se fue restringiendo cada vez más.

أصبحت ميزانية الأسرة مقيدة بشكل متزايد.

Al final, para ahorrar dinero, tuvieron que despedir a la criada.

في النهاية، ولتوفير المال، اضطروا إلى الاستغناء عن الخادمة.

Fue reemplazada por una mujer de cabello blanco y huesos gruesos.

تم استبدالها بامرأة ذات بنية عظمية قوية وشعر أبيض.

Pero esta mujer venía sólo por la mañana y por la tarde.

لكن هذه المرأة لم تكن تأتي إلا في الصباح والمساء.

Y todo el trabajo más pesado y duro quedó guardado para ella.

وتم توفير كل الأعمال الشاقة والمرهقة لها.

La madre se encargaba de todos los demás quehaceres.

كانت الأم تتولى جميع الأعمال المنزلية الأخرى.

Incluso ocurrió que se vendieron varias joyas familiares.

بل وصل الأمر إلى بيع العديد سن مجوهرات العائلة.

Joyas que las mujeres lucieron felizmente durante las celebraciones.

المجوهرات التي كانت النساء يرتدينها بسعادة خلال الاحتفالات.

Gregor aprendió esto en una de las discusiones generales.

تعلم غريغور هذا من إحدى المناقشات العامة.

La mayor queja, sin embargo, fue otra.

لكن الشكوى الأكبر كانت شيئاً آخر.

El apartamento era demasiado grande, pero no podían mudarse.

كانت الشقة كبيرة جدًا، لكنهم لم يتمكنوا من الانتقال منها.

No había manera de que pudieran reubicar a Gregor.

لم يكن هناك أي سبيل لنقل غريغور.

Pero Gregor se dio cuenta de que no era sólo una consideración.

لكن غريغور أدرك أن الأمر لم يكن مجرد مراعاة.

Algo más les impidió mudarse a otro lugar.

ثمة شيء آخر منعهم من الانتقال إلى مكان آخر.

Podría haber sido fácilmente transportado en una caja adecuada.

كان من الممكن نقله بسهولة في صندوق مناسب.

Sus sentimientos de completa desesperanza los frenaron.

لقد أعاقتهم مشاعر اليأس التام.

No querían admitir que la desgracia les había golpeado.

لم يرغبوا في الاعتراف بأن سوء الحظ قد أصابهم.

Lo que el mundo exige de los pobres, ellos lo cumplen.

لقد قاموا بتلبية ما يطلبه العالم من الفقراء.

El padre le preparó el desayuno al pequeño empleado del banco.

أحضر الأب وجبة الإفطار لموظف البنك الصغير.

La madre se sacrificó por la ropa de desconocidos.

ضحت الأم بنفسها من أجل غسيل ملابس الغرباء.

La hermana corría de un lado a otro para atender los pedidos de los clientes.

كانت الأخت تركض جيئة وذهاباً لتلبية طلبات الزبائن.

Pero ya no tenían fuerzas para hacer más.

لكنهم لم يمتلكوا القوة الكافية لفعل المزيد.

La herida en la espalda de Gregor comenzó a doler aún más.

بدأ الجرح في ظهر غريغور يؤلمه أكثر فأكثر.

Cada noche, la madre y la hermana llevaban al padre a la cama.

كل ليلة كانت الأم والأخت تحضران الأب إلى الفراش.

Dejaron su trabajo donde estaba y se sentaron juntos.

تركوا أعمالهم في مكانها، وجلسوا معاً.

Y se acercaron más y se sentaron mejilla contra mejilla.

ثم اقتربا من بعضهما، وجلسا متلاصقين.

La madre señaló la habitación desde donde él observaba.

أشارت الأم إلى الغرفة التي كان يراقب منها.

"¿Podrías cerrar la puerta?" le preguntó a la hermana.

سألت الأخت: "هل يمكنكِ إغلاق الباب؟"

Y entonces Gregor se quedó solo otra vez en la oscuridad.

ثم تُرك غريغور وحيداً في الظلام مرة أخرى.

Y en la habitación de al lado la mujer mezcló sus lágrimas.

وفي الغرفة المجاورة، امتزجت دموع المرأة بدموعهما.

O bien se quedaban sentados con los ojos secos,
simplemente mirando la mesa.

أو جلسوا بلا دموع، يحدقون في الطاولة فحسب.

Gregor apenas durmió, ni de noche ni de día.

لم ينم غريغور تقريباً على الإطلاق، لا ليلاً ولا نهاراً.

A menudo pensaba en cómo podría ayudar a la familia.

كان يفكر كثيراً في كيفية مساعدة العائلة.

Pensó en ganar dinero nuevamente para ellos.

فكر في كسب المال مرة أخرى من أجلهم.

Pensó en hacer lo que solía hacer por ellos.

فكر في أن يفعل ما كان يفعله من أجلهم.

En sus pensamientos regresó el representante autorizado.

عاد الممثل المعتمد إلى ذهنه.

Y esta vez el jefe también vino al apartamento.

وهذه المرة جاء المدير أيضاً إلى الشقة.

Y los oficinistas y los aprendices también estaban allí.

وكان الموظفون والمتدربون حاضرين أيضاً.

Incluso el lento empleado de la oficina vino a verlo.

حتى موظف المكتب بطيء الفهم جاء لرؤيته.

Había dos o tres amigos de otros negocios.

كان هناك اثنان أو ثلاثة أصدقاء من شركات أخرى.

Una de las camareras de un hotel de provincias.

إحدى عاملات تنظيف الغرف في فندق في إحدى المقاطعات.

Un recuerdo querido y fugaz al que intentó aferrarse.

ذكرى عزيزة وعابرة حاول التمسك بها.

Una cajera de una sombrerería para quien tenía intenciones.

أمينة صندوق من متجر قبعات كان يكن لها نوايا.

Pero había sido un poco lento en ganar su aprobación.

لكنه كان بطيئاً بعض الشيء في كسب موافقتها.

Todos ellos aparecieron en sus pensamientos, mezclados con desconocidos.

لقد ظهروا جميعاً في أفكاره، ممزوجين بأشخاص غرباء.

Y otros no aparecieron, ya estaban olvidados.

وآخرون لم يظهروا؛ لقد تم نسيانهم بالفعل.

Pero no le ayudaron a él ni tampoco a la familia.

لكنهم لم يساعدوه، ولم يساعدوا عائلته أيضاً.

Eran inaccesibles y él se alegró cuando se fueron.

كانوا بعيدين عن متناوله، وكان سعيداً عندما رحلوا.

No siempre estaba de humor para preocuparse por la familia.

لم يكن دائماً في مزاج يسمح له بالقلق على عائلته.

Y se llenó de rabia por la falta de atención.

وقد امتلأ غضباً بسبب قلة الاهتمام.

Y no podía imaginar nada que le apeteciera.

ولم يستطع أن يتخيل أي شيء يشتهيه.

Pero aún así hizo planes para entrar en la despensa.

لكنه مع ذلك وضع خططاً لاقتحام المخزن.

Y él iba a tomar todo lo que se merecía.

وكان سيأخذ كل ما يستحقه.

La hermana ya no hacía ningún esfuerzo especial por él.

لم تعد الأخت تبذل أي جهد خاص من أجله.

Ella ya no pasaba el tiempo pensando en complacerlo.

لم تعد تقضي وقتها في التفكير في إرضائه.

Antes de ir a trabajar, rápidamente metió algo de comida en la habitación.

قبل بدء العمل، دفعت بسرعة بعض الطعام إلى الغرفة.

Y por la noche volvió a barrer rápidamente la comida.

وفي المساء قامت بجمع الطعام بسرعة مرة أخرى.

Ya no se daba cuenta de si había comido o no.

لم تعد تلاحظ ما إذا كان قد تناول الطعام أم لا.

En la actualidad, la mayoría de las veces la comida se dejaba intacta.

في أغلب الأحيان، يُترك الطعام دون أن يمس.

Ella todavía barría rápidamente la habitación por la noche.

كانت لا تزال تجوب الغرفة بسرعة في المساء.

Pero ahora hizo lo mínimo, lo más rápido posible.

لكنها الآن تقوم بالحد الأدنى فقط، بأسرع ما يمكن.

Quedaron vetas de suciedad corriendo por las paredes.

بقيت آثار من الأوساخ تمتد على طول الجدران.

Bolas de polvo y basura quedaron tiradas en el suelo.

تُركت كرات من الغبار والقمامة ملقاة على الأرض.

Gregor mostró su desaprobación por su falta de cuidado.

أبدى غريغور استياءه من عدم اكتراثها.

Se giró en un ángulo particularmente significativo.

استدار بزاوية بالغة الأهمية.

Pero podría haber permanecido en el puesto durante semanas.

لكن كان بإمكانه البقاء في منصبه لأسابيع.

Su hermana no habría notado su insatisfacción.

لم تكن أخته لتلاحظ استياءه.

Ella veía la suciedad tan bien como él, o incluso mejor.

لقد رأت التراب بنفس جودة رؤيته، إن لم يكن أفضل.

Pero ella había decidido dejar la tierra donde estaba.

لكنها قررت ترك التراب في مكانه.

En ese momento adoptó una sensibilidad completamente nueva.

في ذلك الوقت، تبنت حساسية جديدة تماماً.

Ella había hecho de la limpieza de la habitación de Gregor su responsabilidad.

لقد جعلت تنظيف غرفة غريغور مسؤوليتها.

La familia se sintió conmovida por su amable consideración.

تأثرت العائلة بلطفها وكرمها.

Una vez, la madre le había dado a su habitación una limpieza a fondo.

في إحدى المرات، قامت الأم بتنظيف غرفته تنظيفاً شاملاً.

Sólo después de utilizar unos cuantos baldes de agua lo consiguió.

لم تنجح إلا بعد استخدام بضعة دلاء من الماء.

Sin embargo, la nueva humedad en la habitación perjudicó a Gregor.

لكن الرطوبة الجديدة في الغرفة أضرت بغريغور.

Y él yacía ancho, amargado e inmóvil en el sofá.

واستلقى على الأريكة، وقد بدا عليه المرارة والجمود.

Pero ese fue sólo su primer castigo por ayudar.

لكن ذلك لم يكن سوى عقابها الأول على مساعدتها.

La hermana notó rápidamente el cambio en la habitación de Gregor.

لاحظت الأخت بسرعة التغيير في غرفة غريغور.

Y ella corrió a la sala, extremadamente insultada.

وركضت إلى غرفة المعيشة، وقد شعرت بإهانة بالغة.

Su madre levantó las manos y trató de implorarle.

رفعت والدتها يديها وحاولت أن تتوسل إليها.

Pero a pesar de una explicación sincera, ella rompió a llorar.

لكن على الرغم من التفسير الصادق، انفجرت في البكاء.

El padre, por supuesto, se sobresaltó y se levantó de la silla.

بالطبع، قفز الأب من على كرسيه مذعوراً.

Y los dos padres miraban asombrados e impotentes.

ونظر الوالدان في ذهول وعجز.

Y con el tiempo sus emociones también se agitaron.

وفي النهاية، أصبحت مشاعرهم مضطربة أيضاً.

El padre reprochó a la madre lo que había hecho.

وبخ الأب الأم على ما فعلته.

"Deberías haber dejado la habitación para que Grete la limpiara."

كان عليك أن تترك الغرفة لجريت لتنظيفها.

Grete le gritó a la madre por limpiar su habitación.

صرخت غريت في وجه والدتها لأنها كانت تنظف غرفته.

"¡Nunca más podrás limpiar su habitación!"

"ممنوع عليكِ تنظيف غرفته مرة أخرى أبداً"!

La madre intentó arrastrar al padre al dormitorio.

حاولت الأم جر الأب إلى غرفة النوم.

La hermana se quedó en la habitación, temblando y sollozando.

تُركت الأخت في الغرفة ترتجف وتبكي.

Y golpeó la mesa con sus pequeños puños.

ثم ضربت الطاولة بقبضتيها الصغيرتين.

Y Gregor, enojado, siseó fuertemente contra todos ellos.

وأطلق غريغور صيحة غضب عالية في وجههم جميعاً.

¿Por qué a nadie se le ocurrió cerrarle la puerta?

لماذا لم يفكر أحد في إغلاق الباب له؟

Podrían haberle ahorrado esta vista y este ruido.

كان بإمكانهم أن يجنبوه هذا المشهد والضجيج.

La hermana estaba agotada después de llegar a casa del trabajo.

كانت الأخت منهكة بعد عودتها إلى المنزل من العمل.

Y cuidar a Gregor era aún más trabajo para ella.

وكانت رعاية غريغور بمثابة عمل شاق بالنسبة لها.

Pero eso no significaba que la madre debía haberlo hecho.

لكن هذا لا يعني أن الأم كان ينبغي أن تفعل ذلك.

A Gregor, por el contrario, no hay que descuidarlo.

أما غريغور، من ناحية أخرى، فلا ينبغي إهماله.

Pero ahora tenían una nueva criada que podía hacer esas cosas.

لكن الآن لديهم خادمة جديدة تستطيع القيام بمثل هذه الأشياء.

Una viuda anciana que tenía una estructura ósea robusta.

أرملة مسنة تتمتع ببنية عظمية قوية.

Una estatura que la ayudó a sobrevivir a su difícil vida.

مكانة ساعدتها على النجاة من حياتها الصعبة.

Ella no sentía ninguna aversión real hacia la apariencia de Gregor.

لم يكن لديها أي نفور حقيقي من مظهر غريغور.

Ella había abierto accidentalmente la puerta de la habitación de Gregor.

لقد فتحت باب غرفة غريغور عن طريق الخطأ.

No fue por ninguna curiosidad particular sobre la habitación.

لم يكن ذلك بدافع فضول خاص بشأن الغرفة.

Ella simplemente estaba haciendo su trabajo y por casualidad abrió la puerta.

كانت تؤدي وظيفتها فحسب، وصدف أن فتحت الباب.

Gregor, por supuesto, quedó completamente sorprendido por ella.

بالطبع، فوجئ غريغور بها تماماً.

No lo perseguían, sino que corría de un lado a otro.

لم يكن يُطارد، لكنه كان يركض ذهابًا وإيابًا.

Y ella simplemente cruzó sus brazos y lo observó gatear.

ثم قامت بطي ذراعيها، وراقبته وهو يزحف.

Desde entonces ella siempre le abría un poquito la puerta.

ومنذ ذلك الحين، كانت تفتح له الباب قليلاً دائماً.

Una mañana ella entró para ver cómo estaba.

في إحدى المرات في الصباح، نظرت إليه لتطمئن عليه.

Y por la tarde ella fue a ver cómo estaba antes de irse.

وفي المساء، تفقدت حاله قبل أن تغادر.

Al principio ella también intentó llamarlo para que viniera con ella.

في البداية حاولت أيضاً أن تناديه ليأتي إليها.

"¡Ven aquí, viejo escarabajo pelotero!", solía decir.

كانت تقول: "تعال إلى هنا، أيها الخنفساء العجوز"!

O ella dijo, "¡mira ese viejo escarabajo pelotero!", amigablemente.

أو قالت: "انظر إلى خنفساء الروث العجوز!"، على سبيل المزاح.

Gregor nunca reaccionó cuando le hablaron de esa manera.

لم يرد غريغور أبداً على التحدث إليه بتلك الطريقة.

Él permaneció allí, sin moverse, y la ignoró.

بقي هناك دون أن يتحرك، وتجاهلها.

"Si le hubieran dicho cómo hacer correctamente su trabajo."

"لو أنها فقط أخبرت بكيفية القيام بعملها بشكل صحيح".

"En lugar de molestarme debería limpiar mi habitación."

"بدلاً من أن تزعجني، عليها أن تنظف غرفتي".

Una mañana temprano una fuerte lluvia golpeó las ventanas.

في إحدى المرات في الصباح الباكر، هطل مطر غزير على النوافذ.

Quizás la lluvia ya era una señal de la llegada de la primavera.

ربما كان المطر بالفعل علامة على قدوم الربيع.

La criada comenzó a hablarle de esa manera una vez más.

بدأت الخادمة تتحدث إليه بتلك الطريقة مرة أخرى.

Gregor estaba tan amargado que se giró para mirarla.

كان غريغور شديد المرارة لدرجة أنه استدار لمواجهتها.

Era lento y débil, pero fue una especie de ataque.

كان بطيئاً وضعيفاً، لكنه كان نوعاً من الهجوم.

La criada, sin embargo, no tenía ningún miedo de Gregor.

لكن الخادمة لم تكن خائفة من غريغور على الإطلاق.

En lugar de eso, levantó una silla que estaba cerca de la puerta.

بدلاً من ذلك، رفعت كرسياً كان بالقرب من الباب.

Y ella permaneció allí, tranquilamente, con la boca abierta.

ووقفت هناك بهدوء، وفمها مفتوح على مصراعيه.

Sus intenciones eran claras, incluso Gregor podía verlo.

كانت نواياها واضحة، حتى غريغور كان يرى ذلك.

Y se giró, lentamente, a su posición original.

ثم استدار ببطء إلى موقعه الأصلي.

—Entonces no quieres acercarte más, ¿verdad?

"إذن أنت لا تريد الاقتراب أكثر من ذلك، أليس كذلك؟"

Y silenciosamente volvió a poner la silla en la esquina.

ثم أعادت الكرسي بهدوء إلى الزاوية.

Gregor ya casi no comía nada.

لم يعد غريغور يأكل أي شيء تقريباً.

A veces, mientras caminaba por la habitación, se detenía.

في بعض الأحيان، كان يتوقف أثناء تجوله في الغرفة.

Y se encontró junto a la comida preparada para él.

ووجد نفسه بجوار الطعام المُعدّ له.

Se llevó la comida a la boca, pero sólo para jugar con ella.

وضع الطعام في فمه، ولكن فقط ليلعب به.

Y muy a menudo lo escupía de nuevo al cabo de unas horas.

وكثيراً ما كان يبصقها مرة أخرى بعد بضع ساعات.

Trató de encontrar una razón para su falta de apetito.

حاول أن يجد سبباً لفقدانه الشهية.

Quizás porque estaba triste por el estado de su habitación.

ربما لأنه كان حزيناً بسبب حالة غرفته.

Pero ya se había adaptado a los cambios que se producían en la habitación.

لكنه تقبّل التغييرات التي طرأت على الغرفة.

Recientemente su habitación se había convertido en una especie de almacén.

أصبحت غرفته مؤخراً أشبه بمخزن.

Se habían acostumbrado a dejar las cosas allí.

لقد اعتادوا على ترك الأشياء هناك.

Y ahora quedaban muchas cosas así en su habitación.

وبقيت الآن أشياء كثيرة من هذا القبيل في غرفته.

Porque una habitación del apartamento estaba alquilada.

لأن إحدى غرف الشقة كانت مؤجرة.

Tres caballeros serios alquilaban la habitación juntos.

ثلاثة رجال جادين كانوا يستأجرون الغرفة معاً.

Gregor los vio una vez a través de una rendija en la puerta.

لاحظهم غريغور ذات مرة من خلال شق في الباب.

Llevaban barbas pobladas y estaban vestidos meticulosamente.

كانت لديهم لحى كثيفة، وكانوا يرتدون ملابس أنيقة للغاية.

Eran escrupulosos en mantener todo ordenado.

كانوا حريصين للغاية على الحفاظ على كل شيء مرتباً.

Su insistencia en el orden no se limitaba a su habitación.

لم يقتصر إصرارهم على النظافة على غرفتهم فقط.

Todo el apartamento tenía que mantenerse perfectamente limpio.

كان لا بد من الحفاظ على نظافة الشقة بأكملها بشكل مثالي.

Eran aún más exigentes con el aspecto de la cocina.

بل إنهم كانوا أكثر دقة في اختيار شكل المطبخ.

Y no podían tolerar ningún desorden innecesario.

ولم يكونوا ليتحملوا أي فوضى غير ضرورية.

También habían traído consigo sus propios muebles.

كما أحضروا معهم أثاثهم الخاص.

Por esta razón muchas cosas se habían vuelto superfluas.

ولهذا السبب، أصبحت أشياء كثيرة زائدة عن الحاجة.

Eran cosas por las que nadie pagaría dinero.

كانت أشياءً لن يدفع أحدّ مقابلها أي مال.

Pero la familia tampoco quería deshacerse de estas cosas.

لكن العائلة لم ترغب أيضاً في التخلص من هذه الأشياء.

Todas estas cosas fueron a parar a la habitación de Gregor.

ذهبت كل هذه الأشياء إلى مكان ما في غرفة غريغور.

**El cajón de cenizas de la cocina ahora estaba guardado en su
habitación.**

أصبح صندوق الرماد من المطبخ موجوداً في غرفته الآن.

**Y la basura se guardaba en su habitación hasta el día de la
basura.**

وكانت القمامة تبقى في غرفته حتى يوم جمع القمامة.

La criada arrojó todo lo que no necesitaba en su habitación.

ألقت الخادمة بكل ما لا تحتاجه في غرفته.

Afortunadamente no vio más que la mano y el objeto.

لحسن الحظ، لم يرَ أكثر من اليد والشيء.

**Probablemente tenía la intención de volver a buscar las
cosas más tarde.**

ربما كانت تنوي العودة لأخذ الأشياء لاحقاً.

O tal vez quería tirarlo todo de una vez.

أو ربما أرادت التخلص من كل شيء دفعة واحدة.

**Sin embargo, todo permaneció donde había quedado al
principio.**

لكن كل شيء بقي في مكانه الذي هبط فيه أولاً.

**A menos que Gregor moviera la basura moviéndose a través
de ella.**

إلا إذا كان غريغور قد أزاح الخردة بالتسلل من خلالها.

Al principio se vio obligado a arrastrarse entre toda la basura.

في البداية، اضطر إلى الزحف عبر كل تلك الخردة.

No tenía posibilidad de evitarlo.

لم يكن أمامه أي خيار لتجنب القيام بذلك.

Pero más tarde realmente encontró placer en esta actividad.

لكنه وجد لاحقاً متعة في هذا النشاط.

Aunque tal esfuerzo lo dejó triste y profundamente cansado.

على الرغم من أن هذا الجهد تركه حزيناً ومتعباً للغاية.

Y después no pudo moverse durante muchas horas.

وبعد ذلك لم يتمكن من الحركة لساعات طويلة.

Los inquilinos a veces comían en la sala de estar.

كان النزلاء يتناولون وجباتهم أحياناً في غرفة المعيشة.

La puerta del salón permanecía cerrada esas noches.

ظل باب غرفة المعيشة مغلقاً في تلك الأمسيات.

Pero a Gregor no le resultó difícil no abrir la puerta.

لكن غريغور لم يجد صعوبة في عدم فتح الباب الآن.

Incluso cuando la puerta estaba abierta, no siempre miraba hacia afuera.

حتى عندما كان الباب مفتوحاً، لم يكن ينظر إلى الخارج دائماً.

Pero él se acostó en el rincón más oscuro de la habitación.

لكنه استلقى في أحلك زاوية من الغرفة.

La familia tampoco notó su falta de atención.

لم تلاحظ العائلة أيضاً عدم انتباهه.

Pero hubo una vez que la criada dejó la puerta abierta.

لكن في إحدى المرات تركت الخادمة الباب مفتوحاً.

La puerta permaneció abierta incluso cuando los inquilinos regresaron.

ظل الباب مفتوحاً حتى بعد عودة النزلاء.

Y la puerta estaba abierta cuando se encendió la luz.

وكان الباب مفتوحاً عندما تم تشغيل الضوء.

El hombre se sentó a la mesa donde la familia cenaba.

جلس الرجل على الطاولة التي تناولت عليها العائلة العشاء.

Allí se sentaron en el pasado el padre, la madre y Gregor.

جلس الأب والأم وغريغور هناك في أزمنة سابقة.

Desplegaron las servilletas y cogieron cuchillos y tenedores.

قاموا بفتح المناديل، وأخذوا السكاكين والشوك.

La madre apareció en la puerta con un plato de carne.

ظهرت الأم في المدخل ومعها وعاء من اللحم.

Entonces la hermana entró con un cuenco lleno de patatas.

ثم دخلت الأخت ومعها وعاء مليء بالبطاطس.

Los inquilinos se inclinaron sobre los cuencos colocados
delante de ellos.

انحنى النزلاء فوق الأوعية الموضوعة أمامهم.

El humo denso de la comida les llegaba hasta la nariz.

وصل الدخان الكثيف المنبعث من الطعام إلى أنوفهم.

Pero aún no habían decidido si comerían la comida.

لكنهم لم يقرروا بعد ما إذا كانوا سيأكلون الطعام أم لا.

Quizás enviarían la comida de vuelta a la cocina.

ربما يعيدون الوجبة إلى المطبخ.

El hombre sentado en el medio parecía ser la autoridad.

بدا الرجل الجالس في المنتصف وكأنه صاحب السلطة.

Cortó la carne para determinar si estaba lo suficientemente
tierna.

قام بتقطيع اللحم ليتأكد من أنه طري بما فيه الكفاية.

Estaba satisfecho con el olor y el aspecto de la comida.

كان راضياً عن رائحة الطعام ومظهره.

La madre y la hermana los observaban ansiosamente.

كانت الأم والأخت تراقبانهم بقلق.

Y empezaron a sonreír con un suspiro de alivio.

وبدأوا يبتسمون وهم يتنفسون الصعداء بعد أن هدأت مشاعرهم.

La propia familia iba a comer en la cocina.

كانت العائلة نفسها ستتناول الطعام في المطبخ.

Pero primero el padre fue a ver cómo estaban los inquilinos.

لكن الأب ذهب أولاً للاطمئنان على النزلاء.

Hizo una reverencia, sosteniendo en su mano su gorra de trabajo.

انحنى مرة واحدة، وهو يحمل قبعته التي حصل عليها من العمل في يده.

Y caminó en círculo alrededor de la mesa, hacia cada invitado.

ثم طاف حول الطاولة، متوجهاً إلى كل ضيف.

Todos los inquilinos se pusieron de pie y murmuraron algo entre dientes.

نهض جميع النزلاء وهم يتمتمون في لحاهم.

Después de que él se fue, comieron en un silencio casi absoluto.

بعد أن غادر، تناولوا الطعام في صمت شبه تام.

A Gregor le pareció extraño que pudiera oír la masticación.

بدا الأمر غريباً بالنسبة لغريغور أنه يستطيع سماع صوت المضغ.

Ningún otro aspecto de la alimentación parecía emitir ningún sonido.

لم يصدر أي صوت آخر أثناء تناول الطعام.

Pero podía oír claramente el rechinar de los dientes.

لكنه كان يسمع بوضوح صوت صرير الأسنان.

Parecían decirle que necesitaba dientes para comer.

بدا أنهم يخبرونه بأنه يحتاج إلى أسنان ليأكل.

"No puedes hacer nada si tus mandíbulas no tienen dientes".

"لا يمكنك فعل أي شيء إذا كانت فكاك بلا أسنان."

"Me gustaría comer algo", dijo Gregor ansiosamente.

قال غريغور بقلق: "أود أن آكل شيئاً."

"Pero no tengo apetito para lo que están comiendo".

"لكنني لا أشتهي ما تأكلونه جميعاً".

"Mira cómo comen estos huéspedes y yo aquí muriéndome de hambre".

"انظروا إلى هؤلاء النزلاء وهم يأكلون، وأنا هنا أتضور جوعاً".

Aquella noche Gregor pensó por casualidad en el violín.

صادف أن فكر غريغور في الكمان في ذلك المساء.

No había oído el violín desde la transformación.

لم يسمع صوت الكمان منذ التحول.

Pero entonces, esta noche, se oyó un ruido desde la cocina.

ولكن بعد ذلك، في هذا المساء، صدر صوت من المطبخ.

Los caballeros ya habían terminado su cena.

كان السادة قد انتهوا بالفعل من تناول وجبة العشاء.

El caballero del medio había comenzado a leer un periódico.

بدأ الرجل الذي في المنتصف بقراءة صحيفة.

Les había dado a los otros dos caballeros una hoja a cada uno.

أعطى الرجلين الآخرين ورقة لكل منهما.

Y ahora estaban recostados, leyendo y fumando.

والآن كانوا يسترخون ويقرأون ويدخنون.

Cuando el violín empezó a sonar, se pusieron atentos.

عندما بدأ الكمان بالعزف، أصبحوا منتبهين.

Se levantaron y caminaron de puntillas hacia la puerta de la antesala.

نهضوا وساروا على أطراف أصابعهم نحو باب الغرفة الأمامية.

Allí estaban, acurrucados juntos, escuchando desde la puerta.

وقفوا هنا متجمعين معاً، يستمعون عند الباب.

La familia debió haber escuchado a los hombres desde la cocina.

لا بد أن العائلة سمعت الرجال من المطبخ.

Porque el padre los llamó y les preguntó؛

لأن الأب نادى عليهم وسألهم؛

¿Acaso el violín resulta incómodo para los caballeros?

"هل الكمان غير مريح للسادة؟"

"Si no te gusta la música podemos parar inmediatamente."

"إذا لم تعجبك الموسيقى، يمكننا التوقف فوراً".

"Al contrario", dijo el centro de los caballeros.

"على العكس من ذلك"، قال الرجل الأوسط.

"¿Le gustaría a la señorita tocar el violín en nuestra habitación?"

"هل ترغب الشابة في العزف على الكمان في غرفتنا؟"

"Definitivamente es mucho más cómodo y acogedor aquí".

"بالتأكيد المكان هنا أكثر راحة ودفئاً".

El padre respondió como si fuera el propio violinista.

أجاب الأب كما لو كان عازف الكمان نفسه.

"Oh, por favor, eso sería maravilloso", exclamó el padre.

"أوه، من فضلك، سيكون ذلك رائعاً"، صرخ الأب.

Los caballeros regresaron a la sala de estar y esperaron.

عاد الرجال إلى غرفة المعيشة وانتظروا.

Pronto el padre entró en la habitación con el atril.

سرعان ما دخل الأب إلى الغرفة ومعه حامل النوتات الموسيقية.

La madre entró en la habitación con el libro de música.

دخلت الأم إلى الغرفة ومعها كتاب الموسيقى.

Y la hermana entró en la habitación con el violín.

ودخلت الأخت إلى الغرفة ومعها الكمان.

Ella preparó todo con calma para tocar el violín.

قامت بهدوء بتحضير كل شيء لعزف الكمان.

Los padres exageraron su cortesía y modales.

بالغ الوالدان في إظهار أدبهما وحسن سلوكهما.

Nunca antes habían alquilado habitaciones a huéspedes.

لم يسبق لهم تأجير غرف للمستأجرين من قبل.

Y ni siquiera se atrevieron a sentarse en sus propias sillas.

ولم يجرؤوا حتى على الجلوس على كراسيهم.

En lugar de sentarse, el padre se apoyó contra la puerta.

بدلاً من الجلوس، اتكأ الأب على الباب.

Su mano derecha estaba entre dos botones de su abrigo.

كانت يده اليمنى بين زرين من أزرار معطفه.

Sin embargo, un caballero le ofreció una silla a la madre.

لكن الأم عُرض عليها كرسي من قبل رجل نبيل.

Pero ella se sentó donde el caballero había colocado la silla.

لكنها جلست حيث وضع الرجل الكرسي.

Y no había colocado la silla en ningún lugar determinado.

ولم يضع الكرسي في مكان محدد.

Así que la madre se sentó apartada de todos, en un rincón.

فجلست الأم بعيداً عن الجميع، في زاوية.

Y finalmente la hermana empezó a tocar el violín.

وأخيراً بدأت الأخت بالعزف على الكمان.

Los padres, en lados opuestos, prestaron mucha atención.

كان الوالدان، الجالسان على جانبين متقابلين، يوليان اهتماماً بالغاً.

Y observaban atentamente cada movimiento de su mano.

وراقبوا بعناية كل حركة من حركات يدها.

Gregor también se sentía atraído por la interpretación del violín.

انجذب غريغور أيضاً إلى عزف الكمان.

Y se aventuró a salir de su habitación un poco más lejos.

ثم خرج من غرفته قليلاً.

Él ya estaba con la cabeza dentro de la sala.

كان قد دخل بالفعل إلى غرفة المعيشة ورأسه داخلها.

Solía enorgullecerse de ser muy considerado.

كان يفتخر كثيراً بكونه شخصاً مراعياً للآخرين.

Pero últimamente casi no cuestiona su falta de cuidado.

لكن مؤخراً لم يعد يشكك في إهماله.

Aunque ahora tenía más motivos para esconderse que antes.

على الرغم من أن لديه الآن أسباباً أكثر للاختباء مما كان عليه في السابق.

Porque su habitación estaba cubierta de polvo y suciedad diversa.

لأن غرفته كانت مغطاة بالغبار والأوساخ المختلفة.

El más leve movimiento levantaba todo tipo de suciedad.

أدنى حركة كانت تثير كل أنواع القذارة.

Toda esa suciedad se le pegó: polvo, pelo, restos de comida.

كل هذا التراب التصق به؛ الغبار والشعر وبقايا الطعام.

Podría haber frotado la suciedad contra la alfombra.

كان بإمكانه مسح الأوساخ على السجادة.

Esto era algo que solía hacer varias veces al día.

كان هذا شيئاً اعتاد أن يفعله عدة مرات يومياً.

Pero su indiferencia hacia todo era demasiado grande.

لكن لامبالاته بكل شيء كانت أكبر من اللازم.

Así que no tuvo miedo de avanzar un poco más.

لذلك لم يكن يخشى المضي قدماً قليلاً.

Y se trasladó al inmaculado suelo de la sala de estar.

ثم انتقل إلى أرضية غرفة المعيشة النظيفة تماماً.

Sin embargo, nadie se dio cuenta ni le prestó atención.

لكن لم يلاحظه أحد، ولم يكترث به أحد.

La familia estaba completamente absorta en el concierto.

كانت العائلة منغمسة تماماً في الحفل الموسيقي.

Los caballeros, por el contrario, inicialmente se retiraron.

أما السادة، من جانبهم، فقد تراجعوا في البداية.

Y se quedaron cerca, detrás del atril de la hermana.

ووقفوا خلف حامل النوتات الموسيقية الخاص بالأخت مباشرةً.

Si hubieran mirado habrían podido ver las notas musicales.

لو أنهم نظروا لكانوا قد رأوا النوتات الموسيقية.

Esto, por supuesto, habría perturbado a la hermana.

وهذا بالطبع كان سيثير قلق الأخت.

Luego se quedaron de pie junto a la ventana, en lugar de sentarse.

ثم وقفوا بجانب النافذة بدلاً من الجلوس.

Con las manos en los bolsillos seguían hablando.

استمروا في الكلام وأيديهم في جيوبهم.

Permanecieron allí mientras el padre observaba ansiosamente.

وبقوا هناك بينما كان الأب يراقب بقلق.

Uno tenía la impresión de que tenían otras expectativas.

كان لدى المرء انطباع بأن لديهم توقعات أخرى.

Y realmente parecía como si se hubieran decepcionado.

وبدا الأمر حقاً كما لو أنهم شعروا بخيبة أمل.

Parecía que ya estaban hartos de la actuación.

بدا أنهم قد اكتفوا من العرض.

Habían permitido que el violín perturbara su paz.

لقد سمحوا للكمان أن يزعج سلامهم.

Y sólo toleraban la música por cortesía.

ولم يتحملوا الموسيقى إلا من باب المجاملة.

Lo que más me desconcertó fue cómo expulsaron el humo.

كانت طريقة نفخهم للدخان مثيرة للقلق بشكل خاص.

Y aún así, tocaba el violín maravillosamente.

ومع ذلك، كانت تعزف على الكمان بشكل جميل للغاية.

Su rostro estaba inclinado suavemente hacia un lado, sobre el violín.

كان وجهها مائلاً برفق إلى الجانب، على الكمان.

Sus ojos buscaban con tristeza las líneas musicales.

كانت عيناها تبحثان بحزن على طول خطوط الموسيقى.

Gregor se sintió atraído un poco más hacia la sala de estar.

شعر غريغور بأنه منجذب إلى غرفة المعيشة أكثر قليلاً.

Mantuvo la cabeza cerca del suelo, pero miró hacia arriba.

أبقى رأسه قريباً من الأرض، لكنه نظر إلى الأعلى.

Tal vez de esta manera la mirada de su hermana podría encontrarse con la suya.

ربما بهذه الطريقة قد تلتقي نظرة أخته بعينيه.

¿Puede realmente decirse que era sólo un animal?

هل يمكن القول حقاً إنه كان مجرد حيوان؟

¿Era un animal si la música podía cautivarlo tanto?

هل كان حيواناً إن كانت الموسيقى قادرة على أسره إلى هذا الحد؟

Sintió como si le mostraran un camino hacia una alimentación desconocida.

شعر وكأنه قد أُري طريقاً إلى غذاء مجهول.

Quizás éste era el sustento que le faltaba.

ربما كان هذا هو الغذاء الذي كان يفتقده.

Estaba decidido a dirigirse hacia su hermana.

كان مصمماً على الوصول إلى أخته.

Quería tirar de su falda para llamar su atención.

أراد أن يشد تنورتها ليلفت انتباهها.

Quería darle una indicación de una invitación.

أراد أن يعطيها تلميحاً بدعوة.

"Ven a tocar el violín en mi habitación", quiso decir.

"تعال واعزف على الكمان في غرفتي"، هكذا أراد أن يقول.

Él quería que ella fuera recompensada por su hermosa música.

أراد أن يكافئها على موسيقاها الجميلة.

"Aquí nadie te recompensa por tocar el violín".

"لا أحد هنا يكافئك على عزفك على الكمان".

Él ya no quería dejarla salir de su habitación.

لم يعد يريد أن يسمح لها بالخروج من غرفته.

Él quería que ella permaneciera con él mientras viviera.

كان يريدها أن تبقى معه طوال حياته.

Por primera vez su transformación tuvo un beneficio.

ولأول مرة، كان لتحوله فائدة.

Su deformidad finalmente iba a serle útil.

أخيرًا، سيصبح تشوهه مفيدًا له.

Quería estar en las cuatro puertas simultáneamente.

أراد أن يكون عند الأبواب الأربعة جميعها في وقت واحد.

Quería silbarles y escupirles desde todos los ángulos.

كان يريد أن يزمجر ويبصق عليهم من كل جانب.

Su hermana no debería verse obligada a quedarse con él.

لا ينبغي إجبار أخته على البقاء معه.

Él quería que ella eligiera quedarse con él voluntariamente.

كان يريدها أن تختار البقاء معه طواعية.

Ella iba a sentarse a su lado e inclinarse hacia él.

كانت ستجلس بجانبه وتنحني نحوه.

Y le iba a contar sobre la escuela de música.

وكان سيخبرها عن مدرسة الموسيقى.

Tenía la firme intención de enviarla a la academia.

كان لديه نية راسخة لإرسالها إلى الأكاديمية.

Se lo habría contado a todo el mundo la pasada Navidad.

كان سيخبر الجميع بهذا الأمر في عيد الميلاد الماضي.

¿Ya había llegado y pasado realmente la Navidad?

هل مرّ عيد الميلاد بالفعل مرة أخرى؟

Y no habría dejado que nadie le disuadiera de ello.

ولم يكن ليسمح لأحد أن يثنيه عن ذلك.

Pero entonces el desafortunado accidente lo detuvo todo.

لكن الحادث المؤسف أوقف كل شيء.

La hermana se habría sentido abrumada por la emoción.

كانت الأخت ستغمرها المشاعر.

Y entonces Gregor se habría subido hasta su hombro.

وبعد ذلك كان غريغور سيتسلق إلى كتفها.

Y la habría consolado besándole el cuello.

وكان سيواسيها بتقبيل رقبتها.

—¡Señor Samsa! —gritó el hombre del medio al padre.

"سيد سامسا!" نادى الرجل الذي في المنتصف الأب.

Señalaba con su dedo índice hacia Gregor.

كان يشير بإصبعه السبابة نحو غريغور.

Gregor se movía lentamente por el suelo de la sala de estar.

كان غريغور يتحرك ببطء عبر أرضية غرفة المعيشة.

El sonido del violín se silenció muy rápidamente.

سرعان ما توقف عزف الكمان.

El del medio de los tres hombres sonrió a sus amigos.

ابتسم الرجل الأوسط من بين الرجال الثلاثة لأصدقائه.

Luego meneó la cabeza y volvió a mirar a Gregor.

ثم هز رأسه، ونظر إلى غريغور.

El padre podría haber obligado a Gregor a regresar a su habitación.

كان بإمكان الأب إجبار غريغور على العودة إلى غرفته.

Pero esa no fue la primera acción que decidió tomar.

لكن ذلك لم يكن الإجراء الأول الذي قرر القيام به.

Pensó que era más importante calmar a los caballeros.

كان يعتقد أن تهدئة السادة أهم.

Aunque en realidad no estaban molestos en absoluto por Gregor.

على الرغم من أنهم لم يكونوا منزعجين حقًا من غريغور.

Gregor parecía más entretenido que tocar el violín.

بدا غريغور أكثر إمتاعاً من عزف الكمان.

Corrió hacia ellos con los brazos extendidos.

اندفع نحوهم وهو يمد ذراعيه.

Estaba intentando hacer lo mejor que podía para ocultar su visión de Gregor.

كان يبذل قصارى جهده لإخفاء وجهة نظرهم تجاه غريغور.

Y trató de animarlos a regresar a su habitación.

وحاول تشجيعهم على العودة إلى غرفتهم.

En realidad, esto los hizo enfadar un poco.

بل إن هذا الأمر قد أزعجهم قليلاً.

Pero era difícil decir exactamente qué les molestaba.

لكن كان من الصعب تُحديد ما أزعجهم بالضبط.

El padre estaba arruinando la diversión de la noche.

كان الأب يُفسد متعة الليلة.

Pero también acababan de enterarse de su nuevo compañero de piso.

لكنهم علموا للتو بأمر زميلهم الجديد في السكن.

Levantaron las manos tal como lo había hecho el padre.

رفعوا أيديهم تماماً كما فعل الأب.

Exigieron una explicación inmediata al padre.

طالبوا الأب بتفسير فوري.

Se tiraron inquietos de la barba esperando una respuesta.

ظلوا يشدون لحاهم بلا كلل بحثاً عن إجابة.

Y retrocedieron hasta su habitación, pero muy lentamente.

ثم تراجعوا إلى غرفتهم، ولكن ببطء شديد.

La interrupción había dejado a la hermana en trance.

أدى هذا الانقطاع إلى دخول الأخت في حالة من الذهول.

Dejó que el violín y el arco colgaran a su lado.

تركت الكمان والقوس يتدليان على جانبها.

Y ella miraba la partitura como si todavía estuviera tocando.

ونظرت إلى النوتة الموسيقية كما لو كانت لا تزال تعزف.

Pero de repente ella regresó a la habitación.

لكنها فجأة سحبت نفسها عائدة إلى الغرفة.

Y ahora había superado el sentimiento de estar perdida.

وقد تغلبت الآن على شعورها بالضياع.

Ella colocó el instrumento musical en el regazo de su madre.

وضعت الآلة الموسيقية على حجر والدتها.

La madre estaba sentada en la silla, respirando con dificultad.

كانت الأم جالسة على الكرسي، تتنفس بصعوبة.

Y entonces la hermana tuvo que correr a la habitación de al lado.

ثم اضطرت الأخت إلى الركض إلى الغرفة المجاورة.

Tenía que dejar todo listo para los caballeros.

كان عليها أن تُجهز كل شيء للسادة.

Ella arrojó las mantas y los cojines al aire.

ألقت بالبطانيات والوسائد في الهواء.

Y con sus manos expertas dispuso toda la ropa de cama.

وبيديها الماهرتين قامت بترتيب جميع أغطية الفراش.

Terminó antes de que los caballeros llegaran a la habitación.

انتهت من عملها قبل أن يصل الرجال إلى الغرفة.

Y ella se escabulló antes de interponerse en su camino.

وانسلت خارجة قبل أن تعيق طريقهم.

El padre parecía estar dominado por su propia terquedad.

بدا أن الأب قد وقع أسيراً لعناده.

Y así olvidó todo respeto que debía a sus inquilinos.

وهكذا نسي كل الاحترام الذي كان يدين به لمستأجريه.

Empujó y empujó hasta que su portavoz se opuso.

ضغط وضغط حتى اعترض المتحدث باسمهم.

Al llegar a la puerta, dio una patada furiosa.

داس بقدمه بغضب عندما وصل إلى الباب.

Y con esto logró detener al padre.

وبذلك أوقف الأب عن الحركة.

"Por la presente declaro", comenzó dirigiéndose a su propietario.

"أعلن بموجب هذا"، بدأ يخاطب مالك العقار.

Y levantó la mano, mirando a toda la familia.

ورفع يده ناظراً إلى جميع أفراد العائلة.

"En cuanto a las repugnantes condiciones de la habitación;"

"فيما يتعلق بالظروف المقززة للغرفة؛"

Y se aseguró de que todos escucharan sus palabras.

وحرص على أن يستمع الجميع إلى كلماته.

"Por la presente, le comunico que desocuparé mi habitación".

"أعلن بموجب هذا أنني سأخلي غرفتي".

Y reiteró su punto escupiendo en el suelo.

وأكد وجهة نظره أكثر بالبصق على الأرض.

"Tampoco pagaré por los días que he vivido aquí."

"ولن أدفع ثمن الأيام التي عشتها هنا".

Sin embargo, no estaba completamente satisfecho con este reembolso.

لكنه لم يكن راضياً تماماً عن هذا المبلغ المسترد.

"Y consideraré hacer otras demandas contra usted."

"وسأدرس تقديم مطالب أخرى ضدك".

Créeme, tales exigencias serán muy fáciles de justificar.

"صدقني، سيكون من السهل جداً تبرير مثل هذه المطالب".

Él permaneció en silencio y miró directamente al padre.

صمت ونظر مباشرة إلى الأب.

Parecía estar esperando que sucediera algo más.

بدا وكأنه يتوقع حدوث شيء آخر.

De hecho, sus dos amigos inmediatamente tuvieron la misma idea.

في الواقع، خطرت الفكرة نفسها على بال صديقيه على الفور.

"También estamos cancelando nuestras habitaciones", dijeron al unísono.

وقالوا بصوت واحد: "سنقوم أيضاً بإلغاء حجوزات غرفنا".

Luego agarró la manija de la puerta y cerró la puerta.

ثم أمسك بمقبض الباب وأغلقه.

Y con un fuerte estruendo se encerraron en su habitación.

وبصوت دويٍ عالٍ أغلقوا على أنفسهم في غرفتهم.

El padre se tambaleó hasta su silla con manos torpes.

ترنّح الأب إلى كرسيه ويداه تتلمّسان.

Y se dejó caer en la silla, derrotado.

ثم ترك نفسه يسقط على الكرسي، وقد استسلم للهزيمة.

Parecía como si fuera a echar su siesta vespertina habitual.

بدا الأمر كما لو أنه كان ذاهباً لأخذ قيلولته المسائية المعتادة.

Pero su cabeza asintió casi como si no tuviera apoyo.

لكن رأسه أومأ كما لو أنه لم يكن مدعوماً.

Y se podía ver que no estaba durmiendo en absoluto.

وكان من الواضح أنه لم يكن نائماً على الإطلاق.

Durante todo este tiempo Gregor no se había movido de su sitio.

طوال كل هذا، لم يتحرك غريغور من مكانه.

Todavía estaba donde los caballeros lo habían visto por primera vez.

كان لا يزال في المكان الذي رآه فيه السادة أولاً.

Incluso si hubiera querido moverse, le resultó imposible.

حتى لو أراد الانتقال، وجد ذلك مستحيلاً.

Por su decepción, o por su hambre.

بسبب خيبة أمله، أو بسبب جوعه.

Estaba decepcionado por el fracaso de su plan.

شعر بخيبة أمل بسبب فشل خطته.

Y estaba débil por el hambre prolongada que sentía.

وكان ضعيفاً بسبب الجوع الشديد الذي شعر به.

Estaba seguro de que en cualquier momento todos se volverían contra él.

كان متأكّدًا من أن الجميع سينقلبون عليه في أي لحظة.

Con esta expectativa de colapso inminente, esperó.

وبهذا التوقع بانهيار وشيك، انتظر.

El violín empezó a deslizarse del regazo de la madre.

بدأ الكمان ينزلق من على حجر الأم.

Con un sonido resonante el violín cayó al suelo.

وبصوت مدوٍّ، سقطت الكمان على الأرض.

Pero ni siquiera ese repentino ruido estrepitoso lo sobresaltó.

لكن حتى هذا الصوت المفاجئ لم يزعجه.

«Queridos padres», dijo la hermana, «esto no puede continuar».

قالت الأخت: "أيها الوالدان العزيزان، لا يمكن أن يستمر هذا الوضع."

Y golpeó la mesa con la mano para dejar claro su punto.

ثم ضربت بيدها على الطاولة لتؤكد وجهة نظرها.

"No diré el nombre de mi hermano delante de este monstruo".

"لن أنطق باسم أخي أمام هذا الوحش".

"Por eso lo digo lo más claramente posible:"

"لهذا السبب أقول هذا بأوضح صورة ممكنة":

"No tenemos otra opción que deshacernos de este animal".

"ليس لدينا خيار سوى التخلص من هذا الحيوان".

"Hicimos lo mejor que pudimos para tolerar y cuidar a este animal".

"لقد بذلنا قصارى جهدنا لتحمل هذا الحيوان والاعتناء به".

"No creo que nadie pueda culparnos en lo más mínimo".

"لا أعتقد أن بإمكان أي شخص أن يلومنا ولو قليلاً".

"Tiene mil veces razón", asintió el padre.

"إنها محقة ألف مرة"، هذا ما وافق عليه الأب.

La madre aún no había recuperado del todo el aliento.

لم تكن الأم قد استعادت أنفاسها بالكامل بعد.

Ella empezó a toser sordamente en su mano, respirando con dificultad.

بدأت تسعل بشكل خافت في يدها، وتتنفس بصعوبة.

Y una expresión de locura comenzó a surgir en sus ojos.

وبدأت تظهر في عينيها نظرة جنونية.

La hermana corrió hacia su madre y le sujetó la frente.

اندفعت الأخت نحو والدتها وأمسكت بجبهتها.

El padre pareció inspirarse en las palabras de la hermana.

بدا أن الأب قد تأثر بكلام أخته.

Y sus pensamientos parecían ser más claros que antes.

وبدا أن أفكاره أصبحت أكثر وضوحاً من ذي قبل.

Dejó de asentir con la cabeza y volvió a sentarse derecho.

توقف عن هز رأسه، وجلس منتصباً مرة أخرى.

Y jugaba con la gorra de sirviente, sumido en sus pensamientos.

وكان يلعب بقبعة خادمه، غارقاً في أفكاره.

Los platos de los inquilinos todavía estaban sobre la mesa.

كانت أطباق المستأجرين لا تزال على الطاولة.

Y a veces miraba hacia el silencioso Gregor.

وكان ينظر أحياناً نحو غريغور الصامت.

"Tenemos que intentar deshacernos de él", le dijo la hermana.

قالت له أخته: "يجب أن نحاول التخلص منه".

La madre estaba demasiado ocupada tosiendo como para escuchar.

كانت الأم منشغلة جداً بالسعال لدرجة أنها لم تستمع.

"Los matará a ambos, ya lo veo venir."

"سيقتلكما هذا الأمر، أستطيع أن أرى ذلك قادماً بالفعل".

"No podemos seguir trabajando tan duro como lo hacemos todos."

"لا يمكننا جميعاً الاستمرار في العمل بنفس الجدية التي نبذلها".

"Y cada día tenemos que volver a casa y encontrarnos con esta tortura."

"وكل يوم نعود إلى المنزل لنواجه هذا العذاب".

"No podemos soportarlo más. No puedo soportarlo."

"لم نعد نستطيع تحمل ذلك. لم أعد أستطيع تحمله".

Ella cayó ante su madre en un último estallido de lágrimas.

انهارت بين ذراعي والدتها في نوبة بكاء أخيرة.

Las lágrimas cayeron por su rostro y sobre el de su madre.

انهمرت الدموع على وجهها وعلى وجه والدتها.

Y se secó las lágrimas con un movimiento mecánico.

ومسحت دموعها بحركة آلية.

"Hijo mío", dijo el padre con voz compasiva.

قال الأب بصوت حنون: "يا بني."

Había profunda simpatía y comprensión en su voz.

كان في صوته تعاطف وفهم عميقان.

«Pero ¿qué debemos hacer?», confesó no saberlo.

"لكن ماذا ينبغي علينا أن نفعل؟" اعترف بأنه لا يعرف.

La hermana simplemente se encogió de hombros con impotencia.

هزت الأخت كتفيها في حالة من العجز.

Y su confianza anterior fue reemplazada nuevamente por lágrimas.

وعادت الدموع لتحل محل ثقتها السابقة.

«Si nos entendiera», dijo el padre en voz alta.

قال الأب بصوت عالٍ: "ليته فقط يفهمنا."

Y se preguntó si tal vez Gregor entendía.

وتساءل في قرارة نفسه عما إذا كان غريغور قد فهم الأمر.

La hermana simplemente sacudió su mano violentamente mientras lloraba.

هزت الأخت يدها بعنف وهي تبكي.

Y entonces ella señaló que no se debía pensar en esa idea.

وهكذا أشارت إلى أنه لا ينبغي التفكير في هذه الفكرة.

«¡Si nos comprendiera!», repitió el padre.

"لكن لو أنه فقط فهمنا"، كرر الأب.

Cerrando los ojos consideró la respuesta de la hermana.

أغمض عينيه وتأمل في إجابة أُخته.

"Si lo entendiera se podría llegar a un acuerdo con él."

"إذا فهم أنه يمكن التوصل إلى اتفاق معه".

"Pero estando las cosas como están..."

..."لكن مع الوضع الراهن"

"Tiene que irse", gritó la hermana, "es la única manera".

صرخت الأخت قائلة: "يجب أن يرحل، إنه السبيل الوحيد."

"Tienes que deshacerte de la idea de que es Gregor".

"عليك أن تتخلص من فكرة أنه غريغور".

"Que lo hayamos creído durante tanto tiempo es nuestra verdadera desgracia."

"إن تصديقنا لذلك لفترة طويلة هو مصيبتنا الحقيقية".

«¿Pero cómo puede ser Gregor?», le preguntó a su padre.

"لكن كيف يمكن أن يكون غريغور؟" سألت والدها.

"Sabía que un animal así no podía coexistir con los humanos".

"كان يعلم أن مثل هذا الحيوان لا يمكنه التعايش مع البشر".

Gregor nos habría abandonado hace mucho tiempo, voluntariamente.

"كان غريغور سيتركنا منذ زمن بعيد، طواعيةً".

"Es cierto, entonces no tendríamos ningún hermano."

"هذا صحيح، لن يكون لدينا أخ حينها".

"Pero podríamos seguir viviendo y honrar su memoria".

"لكن بإمكاننا الاستمرار في العيش وتكريم ذكراه".

"Pero esta bestia nos persigue y ahuyenta a nuestros labradores."

"لكن هذا الوحش يطاردنا ويطرد مستأجرينا".

"Es evidente que quiere apoderarse de todo el apartamento".

"من الواضح أنها تريد الاستيلاء على الشقة بأكملها".

"Esta bestia quiere hacernos dormir en la calle."

"هذا الوحش يريد أن يجعلنا ننام في الشارع".

«Mira, padre», gritó de repente, «¡se mueve otra vez!»

صرخت فجأة: "انظر يا أبي، إنه يتحرك مرة أخرى"!

E hizo algo que ni siquiera Gregor pudo entender.

وفعلت شيئاً لم يستطع حتى غريغور فهمه.

Ella se apartó, como sacrificando a la madre.

دفعت نفسها بعيداً، كما لو كانت تضحي بالأم.

Y ella corrió detrás de su padre buscando algún tipo de
seguridad.

وركضت خلف والدها بحثاً عن نوع من الأمان.

El padre estaba agitado únicamente porque su hija lo estaba.

لم يكن الأب منزعجاً إلا لأن ابنته كانت كذلك.

Pero entonces él también se levantó y levantó los brazos
sobre ella.

لكنه نهض أيضاً، ورفع ذراعيه فوقها.

Pero Gregor no tenía intención de asustar a nadie.

لكن غريغور لم يكن ينوي إخافة أحد.

Sobre todo no pensó en asustar a su hermana.

لم تكن لديه أي أفكار على الإطلاق بشأن إخافة أخته.

Él sólo estaba intentando regresar a su habitación.

كان يحاول فقط العودة إلى غرفته.

Pero dado que su estado estaba empeorando, incluso esto era
difícil.

لكن حتى هذا كان صعباً في ظل تدهور حالته.

Y ya no tenía pleno uso de todas sus piernas.

ولم يعد بإمكانه استخدام جميع ساقيه بشكل كامل.

Entonces usó su cabeza para levantar su cuerpo y girar.

لذلك استخدم رأسه لرفع جسده والالتفاف.

Hizo una pausa y miró a su alrededor esperando la
aprobación de la familia.

توقف للحظة، ونظر حوله بحثاً عن موافقة العائلة.

Su buena intención parecía haber sido reconocida.

يبدو أن حسن نيته قد تم تقديره.

Su movimiento sólo había sido un shock momentáneo para ellos.

لم تكن حركته سوى صدمة مؤقتة بالنسبة لهم.

Ahora todos lo miraban en un silencio infeliz.

والآن كانوا جميعاً ينظرون إليه في صمت حزين.

La madre seguía tumbada en el sillón, exhausta.

كانت الأم لا تزال مستلقية على الكرسي بذراعين، منهكة.

El padre y la hermana estaban sentados uno al lado del otro.

كان الأب والأخت يجلسان بجانب بعضهما البعض.

«Quizás ahora me dejen dar la vuelta», pensó Gregor.

"ربما سيسمحون لي الآن بالعودة"، فكر غريغور.

Y continuó haciendo su torpe movimiento de giro.

واستمر في القيام بحركته الدائرية المحرجة.

No podía reprimir los jadeos ocasionales de esfuerzo.

لم يستطع كبح أنفاسه المتقطعة التي تنتابه من شدة الجهد.

Y se vio obligado a descansar un par de veces entre uno y otro.

واضطر إلى أخذ قسط من الراحة مرتين خلال ذلك.

Ya nadie le obligaba a apresurarse; la decisión estaba en sus manos.

لم يعد أحد يجبره على التسرع الآن؛ الأمر متروك له.

Al final completó el giro lento y doloroso.

وفي النهاية أكمل الانعطاف البطيء والمؤلم.

Inmediatamente comenzó a caminar directamente de regreso a su habitación.

بدأ على الفور بالعودة مباشرة إلى غرفته.

Se sorprendió de lo lejos que estaba de su habitación.

لقد اندهش من مدى بعده عن غرفته.

¿Cómo, a pesar de su debilidad, había llegado allí antes?

كيف وصل إلى هناك من قبل رغم ضعفه؟

Había recorrido casi el mismo camino sin darse cuenta.

لقد سلك نفس الطريق تقريباً دون أن يلاحظ.

Ahora él sólo se concentró en gatear tan rápido como podía.

ركز فقط على الزحف بأسرع ما يمكن الآن.

La falta de comentarios por parte de alguien no le inquietó.

لم يزعجه عدم وجود أي تعليقات من أي شخص.

Sólo cuando ya estaba en la puerta giró la cabeza.

لم يلتفت إلا بعد أن دخل من الباب.

Pero no pudo darse la vuelta para mirar hacia atrás por completo.

لكنه لم يتمكن من الالتفاف والنظر إلى الوراء تماماً.

Porque sintió que su cuello se ponía aún más rígido al girarse.

لأنه شعر بأن رقبته تتصلب أكثر عندما استدار.

Pero vio que de todas formas nada había cambiado detrás de él.

لكنه رأى أن شيئاً لم يتغير خلفه على أي حال.

La única diferencia fue que su hermana se puso de pie.

الفرق الوحيد هو أن أخته قد وقفت.

Su última mirada mostró que su madre se había quedado dormida.

أظهرت نظرته الأخيرة أن والدته قد غفت.

Tan pronto como estuvo dentro de su habitación la puerta se cerró.

بمجرد دخوله غرفته، تم إغلاق الباب.

Y tan pronto como la puerta se cerró, el cerrojo quedó bloqueado.

وبمجرد إغلاق الباب، تم قفل المزلاج.

Gregor se asustó por el ruido inesperado que se oía detrás.

شعر غريغور بالخوف من الضوضاء غير المتوقعة التي صدرت من الخلف.

Y sus piernas se doblaron bajo él por la repentina sorpresa.

وارتخت ساقاه تحته من شدة المفاجأة.

Fue la hermana quien corrió hacia la puerta detrás de él.

كانت أخته هي التي هرعت إلى الباب خلفه.

Ella ya se encontraba allí de pie, esperándolo.

كانت قد وقفت هناك بالفعل منتصبة، وانتظرته.

Luego saltó hacia delante ligeramente sin que Gregor la oyera.

ثم قفزت للأمام بخفة دون أن يسمعها غريغور.

"¡Por fin!" gritó en voz alta mientras giraba la llave.

"أخيراً!" صاحت بصوت عالٍ وهي تدير المفتاح.

"¿Y ahora qué?", se preguntó Gregor, solo en la oscuridad.

"ماذا الآن؟" تساءل غريغور في نفسه، وحيداً في الظلام.

Pronto descubrió que ya no podía moverse en absoluto.

سرعان ما اكتشف أنه لم يعد قادراً على الحركة على الإطلاق.

Pero no le sorprendió realmente su inmovilidad.

لكنه لم يكن متفاجئاً حقاً من عدم قدرته على الحركة.

Poder moverse con piernas tan delgadas parecía ridículo.

كان التحرك بهذه السيقان النحيلة أمراً سخيفاً.

No sabía cómo había sido capaz de hacerlo.

لم يكن يعرف كيف تمكن من فعل ذلك من قبل.

Pero aparte de eso se sentía relativamente cómodo.

لكن بصرف النظر عن ذلك، شعر براحة نسبية.

Es cierto que sentía un dolor profundo en todo el cuerpo.

صحيح أنه شعر بألم عميق في جميع أنحاء جسده.

Pero el dolor parecía hacerse cada vez más débil.

لكن بدا أن الألم يضعف أكثر فأكثر.

Y sintió que el dolor eventualmente desaparecería.

وشعر أن الألم سيزول في النهاية.

Ya casi no sentía la manzana podrida en su espalda.

لم يعد يشعر بالتفاحة الفاسدة في ظهره.

Pensó en su familia con emoción y amor.

استرجع ذكريات عائلته بمشاعر جياشة وحب.

Sintió las emociones de su hermana incluso más que ella misma.

لقد شعر بمشاعر أخته أكثر مما شعرت هي بها.

Ella tenía razón en lo que había dicho: él tenía que irse.

كانت محقة فيما قالته؛ كان عليه أن يرحل.

Pasó algún tiempo en ese estado vacío y pacífico.

لقد أمضى بعض الوقت في هذه الحالة الهادئة والخالدة.

El reloj dio tres veces, silenciosamente, pero con firmeza.

دقت الساعة ثلاث مرات، بهدوء ولكن بحزم.

Gregor fue sacado suavemente de sus meditaciones.

أخرج غريغور بلطف من شروده.

Observó cómo la luz de la mañana entraba lentamente en su habitación.

راقب ضوء الصباح وهو يدخل غرفته ببطء.

Entonces su cabeza se hundió por completo, sin su voluntad.

ثم انحنى رأسه إلى الأسفل تماماً، رغماً عنه.

Y su último aliento fluyó débilmente de su nariz.

وخرجت أنفاسه الأخيرة ضعيفة من أنفه.

La criada entró en su habitación temprano en la mañana.

دخلت الخادمة غرفته في الصباح الباكر.

No encontró nada inusual durante su corta visita habitual.

لم تجد شيئاً غير عادي خلال زيارتها القصيرة المعتادة.

Con fuerza y prisa cerró de golpe todas las puertas.

بدافع القوة والعجلة، أغلقت جميع الأبواب بقوة.

No fue posible dormir tranquilo en todo el apartamento.

لم يكن النوم الهادئ ممكناً في الشقة بأكملها.

Le habían pedido que evitara hacer esto por la mañana.

طُلب منها تجنب القيام بذلك في الصباح.

Ella pensó que él yacía allí inmóvil a propósito.

ظنت أنه كان مستلقياً هناك بلا حراك عن قصد.

Quizás quería demostrarle que estaba ofendido.

ربما أراد أن يُظهر لها أنه شعر بالإهانة.

Ella confiaba en que él tenía todo tipo de inteligencia.

لقد وثقت به وبأنه يمتلك كل أنواع الذكاء.

Ella sostenía por casualidad la escoba larga en su mano.

كانت تحمل المكنسة الطويلة في يدها.

Entonces, desde la puerta, intentó hacerle un poco de cosquillas a Gregor.

لذا، حاولت من الباب أن تدغدغ غريغور قليلاً.

Ella estaba un poco molesta porque él no respondió en absoluto.

كانت منزعجة قليلاً لأنه لم يرد على الإطلاق.

Así que esta vez lo empujó un poco más firmemente.

لذا ضغطت عليه بقوة أكبر هذه المرة.

Cuando él no ofreció resistencia, ella lo miró más de cerca.

عندما لم يبدِ أي مقاومة، ألقت نظرة فاحصة.

Pronto se dio cuenta de lo que realmente le había sucedido a Gregor.

سرعان ما أدركت ما حدث بالفعل لغريغور.

Abrió más los ojos y silbó para sí misma.

فتحت عينيها على اتساعهما، وصفّرت لنفسها.

Pero no perdió mucho tiempo antes de abrir la puerta.

لكنها لم تضيع الكثير من الوقت قبل أن تفتح الباب.

Y clamó a gran voz en la oscuridad:

وصرخت بصوت عالٍ في الظلام:

"Ven a echarle un vistazo, ahí está, completamente muerto."

"تعال وانظر، ها هو ذا، ميت تماماً".

Los dos padres estaban sentados erguidos en el lecho conyugal.

جلس الوالدان منتصبين في سريرهما الزوجي.

Primero tuvieron que superar el impacto del ruido.

كان عليهم أولاً التغلب على صدمة الضوضاء.

Pero poco a poco empezaron a comprender su mensaje.

لكنهم بدأوا بعد ذلك ببطء في فهم رسالتها.

El señor y la señora Samsa saltaron cada uno de su lado de la cama.

قفز السيد والسيدة سامسا كلٌّ على جانبه من السرير.

El señor Samsa se echó la gruesa manta sobre los hombros.

ألقى السيد سامسا البطانية السميكة على كتفيه.

Y la señora Samsa salió sin nada más que su camisón.

وخرجت السيدة سامسا وهي لا ترتدي سوى ثوب نومها.

Y así entraron en la habitación de Gregor.

وهكذا دخلوا غرفة غريغور.

Mientras tanto, la puerta de la sala de estar también se había abierto.

وفي الوقت نفسه، فُتح باب غرفة المعيشة أيضاً.

Grete había dormido allí desde que los inquilinos se mudaron.

كانت غريت تنام هناك منذ أن انتقل المستأجرون إلى الشقة.

Estaba completamente vestida como si no hubiera dormido en absoluto.

كانت ترتدي ملابسها كاملة كما لو أنها لم تنم على الإطلاق.

Su rostro pálido también parecía demostrar su falta de sueño.

بدا وجهها الشاحب دليلاً على قلة نومها.

"¿Está muerto?" preguntó la señora Samsa, mirando a la criada.

سألت السيدة سامسا، وهي تنظر إلى الخادمة: "هل مات؟"

Ella podría haberlo confirmado mirándolo ella misma.

كان بإمكانها التأكد من ذلك بالنظر إليه بنفسها.

"Creo que sí", dijo la criada cogiendo la escoba.

"أعتقد ذلك"، قالت الخادمة وهي تلتقط المكنسة.

Y ella empujó su cuerpo muy lejos por el suelo.

ودفعت جسده مسافة طويلة عبر الأرض.

La señora Samsa hizo un movimiento como si quisiera detenerla.

قامت السيدة سامسا بحركة كما لو كانت تريد إيقافها.

Pero al final dejó que la criada llevara a Gregor de un lado a otro.

لكنها في النهاية سمحت للخادمة بأن تخدع غريغور.

—Bueno —dijo el señor Samsa—, por fin podemos dar gracias a Dios.

قال السيد سامسا: "حسنًا، أخيرًا يمكننا أن نشكر الله."

Hizo la señal de la cruz; cabeza, pecho, hombros.

رسم إشارة الصليب؛ الرأس، الصدر، الكتفين.

Y las tres mujeres siguieron su ejemplo religioso.

واقتدت النساء الثلاث به في سلوكهن الديني.

Grete, que no apartaba la vista del cadáver, dijo:

قالت غريت، التي لم ترفع عينيها عن الجثة:

"Mira qué delgado estaba, hacía tanto tiempo que no comía."

"انظروا كم كان نحيفاً، لم يأكل منذ مدة طويلة".

"La comida que le dejaba cada mañana siempre estaba intacta."

"كان الطعام الذي أتركه له كل صباح يبقى دائماً دون أن يمسه أحد".

De hecho, el cuerpo de Gregor estaba completamente plano y seco.

في الواقع، كان جسد غريغور مسطحاً وجافاً تماماً.

Esto era más visible ahora que estaba en el suelo.

أصبح هذا الأمر أكثر وضوحاً الآن بعد أن أصبح على الأرض.

Porque su cuerpo ya no era levantado por sus piernas.

لأن جسده لم يعد مرفوعاً بواسطة ساقيه.

Y porque no había nada más que distrajera la vista.

ولأنه لم يكن هناك شيء آخر يشتت الانتباه عن المنظر.

—Ven un rato con nosotros, Grete —dijo la señora Samsa.

قالت السيدة سامسا: "تعالي معنا لبعض الوقت يا غريت."

Había una sonrisa dolorosa en sus labios mientras hablaba.

كانت ابتسامة مؤلمة ترتسم على شفتيها وهي تتحدث.

Grete los siguió, pero también miró hacia el cadáver.

تبعتهم غريت، لكنها نظرت أيضاً إلى الجثة.

La criada cerró la puerta y abrió completamente la ventana.

أغلقت الخادمة الباب وفتحت النافذة بالكامل.

Todavía era temprano, por lo que normalmente el aire estaría
frío.

كان الوقت لا يزال مبكراً، لذا من الطبيعي أن يكون الجو بارداً.

Pero también había una mezcla de calidez en el aire frío.

لكن كان هناك أيضاً مزيج من الدفء في الهواء البارد.

Como un suave recordatorio de que ya era finales de marzo.

وكأنها تذكير لطيف بأننا الآن في نهاية شهر مارس.

Los tres inquilinos ahora también salieron de su habitación.

ثم خرج المستأجرون الثلاثة من غرفتهم.

Miraron a su alrededor con asombro en busca de su
desayuno.

نظروا حولهم بدهشة بحثاً عن وجبة الإفطار.

El desayuno fue olvidado por lo que encontró la criada.

تم نسيان وجبة الإفطار بسبب ما وجدته الخادمة.

"¿Dónde está el desayuno?" se quejó el caballero del medio.

"أين الفطور؟" تذمر الرجل الذي كان في المنتصف.

La criada se llevó el dedo a la boca para ordenar silencio.

وضعت الخادمة إصبعها على فمها لتأمر بالهدوء.

Y ella rápidamente y en silencio saludó a los caballeros.

ولوّحت بسرعة وبصمت للسادة.

La criada acompañó a los tres caballeros a la habitación.

أدخلت الخادمة الرجال الثلاثة إلى الغرفة.

Y continuó explicándoles lo que había sucedido.

وواصلت شرح ما حدث لهم.

Y los tres caballeros estaban alrededor del cadáver de Gregor.

ووقف الرجال الثلاثة حول جثة غريغور.

Con las manos en los bolsillos miraron hacia abajo.

وضعوا أيديهم في جيوبهم ونظروا إلى الأسفل.

La luz de la mañana ahora había inundado completamente la habitación.

لقد غمر ضوء الصباح الغرفة بالكامل الآن.

Entonces se abrió la puerta del dormitorio y apareció el señor Samsa.

ثم انفتح باب غرفة النوم وظهر السيد سامسا.

A un lado estaba su esposa y al otro su hija.

كانت زوجته على جانب، وابنته على الجانب الآخر.

Para entonces el señor Samsa ya llevaba puesto su uniforme.

كان السيد سامسا يرتدي زيه الرسمي بالفعل في ذلك الوقت.

Se podía ver que todos habían estado llorando un poco.

كان من الواضح أن جميعهم كانوا يبكون قليلاً.

Grete presionó su cara contra el brazo de su padre.

ضغطت غريت وجهها على ذراع والدها.

"¡Sal de mi apartamento inmediatamente!" ordenó el señor Samsa.

"اخرج من شقتي فوراً!" أمر السيد سامسا.

Y señaló la puerta sin dejar salir a las mujeres.

وأشار إلى الباب دون أن يترك النساء يذهبن.

"¿Qué quieres decir?" preguntó el intermediario desconcertado.

سأل الوسيط في حيرة: "ماذا تقصد؟"

Y él hizo lo mejor que pudo para sonreír dulcemente al señor Samsa.

وبذل قصارى جهده ليبتسم بلطف للسيد سامسا.

Los otros dos llevaban las manos tras la espalda.

أما الاثنان الآخران فقد وضعا أيديهما خلف ظهورهما.

Y se frotaron las manos con anticipación.

وفركوا أيديهم ببعضها البعض ترقباً.

Parecía que esperaban que se produjera una fuerte pelea.

بدا أنهم يتوقعون حدوث شجار صاخب.

Pero ellos parecían estar contentos con la discusión que se avecinaba.

لكن يبدو أنهم كانوا سعداء بالجدال القادم.

Creían que la disputa sería a su favor.

كانوا يعتقدون أن النزاع سيكون في صالحهم.

"Quiero decir exactamente lo que acabo de decir", respondió el señor Samsa.

أجاب السيد سامسا: "أعني بالضبط ما قلته للتو."

Caminó en línea recta con sus dos compañeros.

سار في خط مستقيم مع رفيقيه.

Y el señor Samsa se dirigió directamente a su caballero principal.

وتوجه السيد سامسا مباشرة إلى رئيسهم.

El caballero primero se quedó quieto, mirando al suelo.

وقف الرجل في البداية ساكناً، ناظراً إلى الأرض.

El contenido de su cabeza todavía estaba ordenándose.

كانت محتويات رأسه لا تزال تتشكل.

—Está bien, nos vamos —dijo y miró al señor Samsa.

قال: "حسناً، سنذهب"، ثم نظر إلى السيد سامسا.

Una nueva humildad pareció apoderarse de él de repente.

بدا وكأن تواضعاً جديداً قد غلب عليه فجأة.

Y parecía estar pidiendo permiso para esta decisión.

وبدا أنه يستأذن قبل اتخاذ هذا القرار.

El señor Samsa abrió mucho los ojos y asintió un poco.

فتح السيد سامسا عينيه على اتساعهما وأومأ برأسه قليلاً.

Los caballeros obedecieron inmediatamente su orden.

امتثل السادة لأمره على الفور.

Y efectivamente dieron largos pasos por el pasillo.

وقد خطوا خطوات واسعة بالفعل في الردهة.

Sus amigos ya habían dejado de frotarse las manos.

توقف أصدقاؤه بالفعل عن فرك أيديهم.

Habían estado escuchando cómo iba la conversación.

كانوا يستمعون إلى كيفية سير المحادثة.

Y ahora corrían tras él, como si tuvieran miedo.

وكانوا يركضون خلفه الآن، كما لو كانوا خائفين.

El señor Samsa aún podría aislarlos de su líder.

قد يعزلهم السيد سامسا عن قائدهم.

Sacaron sus palos del contenedor.

أخرجوا عصيهم من علبة العصي.

Y se inclinaron en silencio antes de salir del apartamento.

وانحنوا في صمت قبل أن يغادروا الشقة.

El señor Samsa y las dos mujeres salieron del patio delantero.

خرج السيد سامسا والمرأتان من الساحة الأمامية.

Pero en realidad no tenían motivos para desconfiar de los hombres.

لكن في الحقيقة لم يكن لديهم أي سبب لعدم الثقة بالرجال.

Se apoyaron en la barandilla para comprobar si se habían ido.

استندوا على الدرابزين للتأكد من أنهم قد ذهبوا.

Los tres caballeros efectivamente estaban bajando las escaleras.

كان الرجال الثلاثة ينزلون الدرج بالفعل.

En un determinado recodo de la escalera desaparecieron.

اختفوا عند منعطف معين من الدرج.

Y entonces la escalera los trajo de nuevo a la vista.

ثم أعادهم الدرج إلى الظهور.

Esta aparición y desaparición se repite en cada piso.

يتكرر هذا الظهور والاختفاء في كل طابق.

Pero al final casi habían llegado al fondo.

لكنهم في النهاية كادوا أن يصلوا إلى القاع.

Cuanto más avanzaban, más aburridos parecían.

كلما توغلوا أكثر، كلما أصبحوا أقل إثارة للاهتمام.

Todos regresaron a casa, como si se sintieran aliviados.

عاد الجميع إلى المنزل، وكأنهم شعروا بالارتياح.

Decidieron aprovechar el día para descansar y salir a pasear.

قرروا استغلال اليوم للراحة والذهاب في نزهة.

Sentían que merecían este descanso de su trabajo.

شعروا أنهم يستحقون هذه الاستراحة من عملهم.

No sólo merecían este descanso, sino que lo necesitaban.

لم يكونوا يستحقون هذه الاستراحة فحسب، بل كانوا بحاجة إليها.

Se sentaron a la mesa para escribir cartas de disculpas.

جلسوا على الطاولة ليكتبوا رسائل اعتذار.

El señor Samsa escribió una carta de disculpas a su dirección.

كتب السيد سامسا رسالة اعتذار إلى إدارته.

La señora Samsa escribió su carta de disculpas a sus clientes.

كتبت السيدة سامسا رسالة اعتذار لعملائها.

Y Grete escribió su carta de disculpa a su director.

وكتبت غريت رسالة اعتذارها إلى مديرة مدرستها.

Mientras todos escribían, la criada llegó a la habitación.

وبينما كانوا جميعاً يكتبون، دخلت الخادمة إلى الغرفة.

Su trabajo de la mañana había terminado, por lo que se dirigía a casa.

انتهى عملها الصباحي، لذا كانت ستعود إلى المنزل.

Los tres escritores asintieron al principio, sin levantar la vista.

أومأ الكتّاب الثلاثة برؤوسهم في البداية، دون أن يرفعوا أعينهم.

Pero la criada no parecía querer irse todavía.

لكن الخادمة لم تبدُ راغبةً في المغادرة بعد.

Esperó un poco, hasta que los tres escritores levantaron la vista.

انتظرت قليلاً، حتى رفع الكُتّاب الثلاثة أنظارهم.

"¿Y bien?" preguntó el señor Samsa, enojado como los demás.

"حسنًا؟" سأل السيد سامسا غاضبًا، كما كان الآخرون.

La criada estaba parada en la puerta con una sonrisa en su rostro.

وقفت الخادمة عند المدخل وعلى وجهها ابتسامة.

Dio la impresión de tener buenas noticias que informar.

أعطت انطباعاً بأنها تحمل أخباراً سارة.

Pero ella no iba a compartir la noticia a menos que se lo pidieran.

لكنها لم تكن لتنشر الخبر إلا إذا طُلب منها ذلك.

La pluma de avestruz erguida sobre su sombrero se balanceaba ligeramente.

تمايلت ريشة النعامة المنتصبة على قبعتها قليلاً.

Aquella pluma de avestruz siempre había molestado al señor Samsa.

لطالما أزعجت ريشة النعامة تلك السيد سامسا.

—Entonces, ¿qué quieres? —preguntó la señora Samsa con firmeza.

"إذن، ماذا تريدين؟" سألت السيدة سامسا بحزم.

La criada todavía tenía mucho respeto por la señora Samsa.

لا تزال الخادمة تكنّ احتراماً كبيراً للسيدة سامسا.

"Sí", respondió ella y soltó una carcajada amistosa.

أجابت قائلة: "نعم"، ثم انفجرت في ضحكة ودية.

Por un momento su risa le impidió hablar.

للحظة، منعها ضحكها من الكلام.

"No tienes que preocuparte por esa cosa de al lado".

"لا داعي للقلق بشأن ذلك الشيء المجاور".

"Ya he decidido cómo nos desharemos de él".

"لقد رتبت بالفعل لكيفية التخلص منه".

La señora Samsa y Grete continuaron escribiendo sus cartas.

واصلت السيدة سامسا وغريت كتابة رسائلهما.

Pero el señor Samsa se dio cuenta de que la criada aún no había terminado.

لكن السيد سامسا لاحظ أن الخادمة لم تنتهِ بعد.

Ahora quería describir todo con más detalle.

والآن أرادت أن تصف كل شيء بمزيد من التفصيل.

Pero él extendió su mano para rechazar sus esfuerzos.

لكنه مدّ يده ليرفض محاولاتها.

Se dio cuenta de que no estaban interesados en sus planes.

أدركت أنهم غير مهتمين بخططها.

Y entonces recordó la gran prisa en la que había estado.

ثم تذكرت العجلة الكبيرة التي كانت عليها.

"Ciao entonces", dijo ella, insultada por la falta de interés.

قالت: "وداعاً إذن"، وقد شعرت بالإهانة من قلة الاهتمام.

Pero antes de irse cerró la puerta de un golpe terriblemente fuerte.

لكن قبل أن تغادر، أغلقت الباب بقوة شديدة.

"La despedirán esta noche", dijo el señor Samsa.

قال السيد سامسا: "سيتم فصلها في المساء".

Pero su esposa y su hija estaban demasiado ocupadas para responderle.

لكن زوجته وابنته كانتا مشغولتين للغاية بحيث لم تتمكنا من الرد عليه.

Porque la criada había perturbado la paz recién adquirida.

لأن الخادمة قد أزعجت سلامهم الذي نالوه حديثاً.

La madre y la hija se levantaron para ir a la ventana.

نهضت الأم وابنتها للذهاب إلى النافذة.

Y abrazados se quedaron allí.

وبقيا هناك وأذرعهما ملتفة حول بعضهما البعض.

El señor Samsa se giró en su silla para mirarlos.

استدار السيد سامسا في كرسيه لينظر إليهم.

Y por un rato los observó en silencio mientras estaban allí de pie.

وظل يراقبهم وهم واقفون هناك بهدوء لبعض الوقت.

Finalmente les gritó: "¿Queréis venir a mí?"

وأخيراً نادى عليهم قائلاً: "هل ستأتون إليّ؟"

"Olvidémonos de todas esas cosas viejas, ¿de acuerdo?"

"دعونا ننسى كل تلك الأشياء القديمة، أليس كذلك؟"

"Ven a mí y dame un poco de tu atención."

"تعال إليّ وأعطني بعضاً من انتباهك".

Las dos mujeres hicieron lo que él les dijo y corrieron hacia él.

فعلت المرأتان ما قاله، وهرعتا إليه.

Le dieron un abrazo cariñoso y le besaron.

عانقوه بحنان وقبلوه.

Regresaron rápidamente para terminar de escribir sus cartas.

عادوا بسرعة لإكمال كتابة رسائلهم.

Luego los tres abandonaron el apartamento juntos.

ثم غادر الثلاثة الشقة معاً.

No habían salido juntos de casa desde hacía meses.

لم يخرجا من المنزل معاً منذ شهور.

Y tomaron el tranvía hasta las afueras de la ciudad.

ثم استقلوا الترام إلى ضواحي المدينة.

Tenían todo el vagón del tranvía para ellos solos.

كانت عربة الترام بأكملها ملكاً لهم.

La luz del sol entraba a raudales por la ventana desde el exterior.

غمرت أشعة الشمس المكان من خلال النافذة قادمة من الخارج.

La familia se reclinó cómodamente en sus asientos.

استرخى أفراد العائلة في مقاعدهم براحة.

Y discutieron las perspectivas para su futuro.

وناقشوا آفاق مستقبلهم.

Al examinarlos más de cerca, sus perspectivas no eran malas.

وبعد التدقيق، تبين أن آفاقهم لم تكن سيئة.

Los tres tenían trabajos con potencial para ganar más.

كان لدى الثلاثة وظائف تتيح لهم إمكانية كسب المزيد من المال.

Nunca se habían preguntado sobre su trabajo.

لم يسأل أحدهما الآخر قط عن عمله.

Pero ahora finalmente tenían tiempo para discutir esas cosas.

لكن الآن أصبح لديهم أخيراً الوقت لمناقشة مثل هذه الأمور.

También tenían la opción de mudarse a un apartamento más pequeño.

كان لديهم أيضاً خيار الانتقال إلى شقة أصغر.

Esto tendría el mayor impacto en sus vidas.

سيكون لهذا الأمر أكبر الأثر على حياتهم.

Su apartamento actual había sido elegido por Gregor.

تم اختيار شقتهم الحالية من قبل غريغور.

Pero ahora podrían mudarse a algún lugar más asequible.

لكن الآن بإمكانهم الانتقال إلى مكان أكثر ملاءمة من حيث التكلفة.

Un apartamento más pequeño, pero en un lugar más práctico.

شقة أصغر، لكنها مكان أكثر عملية.

Hablar sobre el futuro hizo que Grete se sintiera nuevamente más animada.

الحديث عن المستقبل جعل غريت أكثر حيوية من جديد.

El señor y la señora Samsa también notaron otros cambios en ella.

لاحظ السيد والسيدة سامسا تغييرات أخرى فيها أيضاً.

Sus mejillas se habían vuelto pálidas por todas sus preocupaciones.

شحب وجهها من كثرة همومها.

Pero ahora su hija se estaba convirtiendo en una bella dama.

لكن ابنتهما الآن تتفتح لتصبح سيدة رائعة.

Ahora ella realmente era una joven bien formada y hermosa.

لقد أصبحت حقاً شابة جميلة وذات بنية جيدة الآن.

Sus padres guardaron silencio y admiraron a su hija.

صمت والداها وأعجبا بابنتهما.

Se miraron el uno al otro comunicándose inconscientemente.

تبادلوا النظرات، وتواصلوا فيما بينهم دون وعي.

"Pronto llegará el momento de encontrar un buen hombre para ella."

"سيحين الوقت قريباً لإيجاد رجل صالح لها".

El tranvía había llegado a su destino y redujo la velocidad.

وصل الترام إلى وجهته وخفف سرعته.

Su hija pareció confirmar sus nuevos sueños.

بدت ابنتهما وكأنها تؤكد أحلامهما الجديدة.

Ella fue la primera en levantarse y estirar su joven cuerpo.

كانت أول من نهضت ومددت جسدها الصغير.